花千樹

元朗

懷鄉戀土的地方

陳雲 著

出入平安

目錄

鳴謝

本研究計劃獲衛奕信勳爵文物信託資助，以人物訪問紀錄元朗鄉間故事，內容涵蓋上世紀四十至八十年代，涉及漁農畜業興衰、民辦和官辦教育發展、鄉民道德風俗傳承。故事得以結集成章，有賴元朗坊眾講述舊事，衛奕信勳爵文物信託的支持，各方仁人君子鼎力襄助，謹此鳴謝。

受訪者（以訪問次序排名）

冼文駪先生	許祖培先生	英大綱校監
文志雙先生	鄧奇漢老師	趙傑子先生
陳宇光牧師	鄭宇強先生	陳祺賀先生
鄧永成校長	劉潔瑩小姐	

導言編寫、文字修訂：陳雲
項目策劃：甄小慧
人物訪問稿初稿撰寫人：張樂天、禤煥儀、姚文龍
人物訪問稿編訂：姚文龍
人物訪問攝影：陳真
文化工作坊（Culture Workshop）製作

耕讀傳家

舊時大宅正廳的匾額，有時寫「詩禮傳家」，有時寫「耕讀傳家」。寫「詩禮傳家」的，是仕宦顯赫之家；寫「耕讀傳家」的，則是鄉郊的莊園，有時逃避朝廷災禍而隱居，便教子女耕讀以傳家業，也傳授兵法武藝，保護家園，這是武俠小說常見的情節。

童年在元朗，父親逃避大陸劫火，因落難而隱居田園，一家度過十多年的耕讀生涯，種菜讀書，即使不是讀古書，也有古意。料想不到，近年也有城市文人歸園田居，體會耕讀生涯。在大自然取得生機，這是文化復興之兆。一個小田莊，一群人的文化體驗，不期然令我想起以色列人的自治農莊，即「基布茲」（kibbutz），也令我回憶起五四時代旅居日本的中國文人仰慕的「新村運動」、台灣民主化鬥爭的鄉土運動。重新發現土地，是文化更新之深密動力。一群人在靜靜耕作，與一群人在靜靜讀書，會發揮莫大的文化威力，可以傳家，可以傳國。諸葛亮出山之前，也是躬耕於南陽。

近日整理家中舊物，才發現家父是如何珍惜家中開農場的日子。那時是上世紀七十年代，元朗大馬路仍見到飼料舖的招牌，以及禽畜藥品和肥雞激素的宣傳——得米先和得米肥，錦田馬路上有卜蜂飼料的宣傳牌，這些牌子的名字現在也消失了。飼料單據大致保存，肥雞針、疫苗的單據也有（圖一），即使是雞苗在冬天的保暖燈和因此要向電力公司申請大用量的電錶，也有單據。賣雞的煬生記的單據也保存了五六張，賣了雞之後就要清還飼料行的賒數。（圖二）

1 雞疫苗的單據。

2 寫明可以賒借的飼料行。

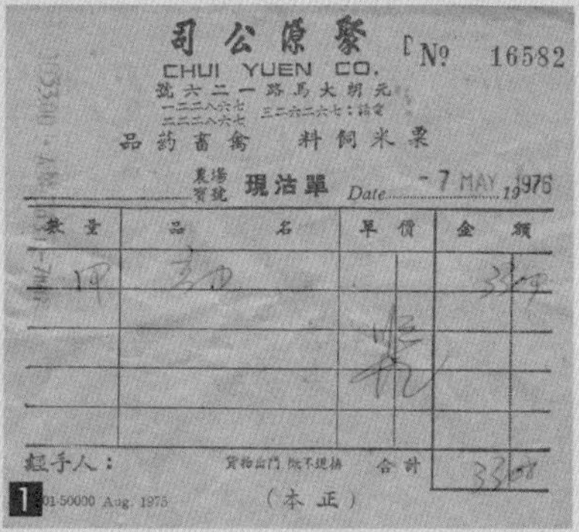

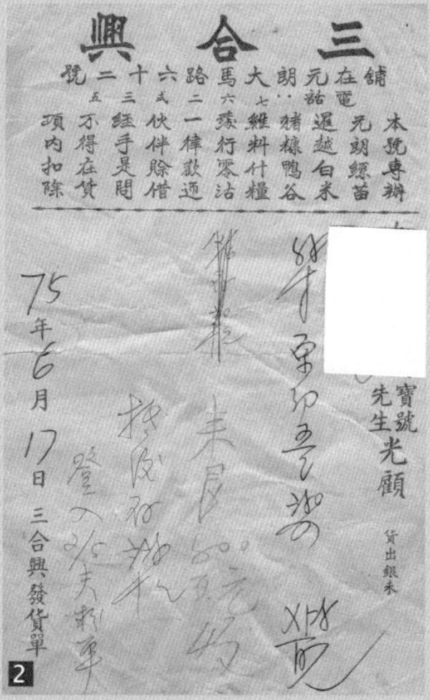

家父一來是要記錄成本和售價，另外這些飼料單據繳付貨款之後，會蓋章作實，並且發還正單。（圖三）單據保存清楚，可以避免賒借雙方的爭執。雞苗的單據是西曆和農曆並列的。（圖四）木園的單據令我憶起元朗雞地旁邊有好多木園，而且都在水邊。（圖五）那兒幾條村一下雨就水浸，同學回校上課的時候要脫鞋吹乾，也要換衣服。濕衣服放在椅背晾乾。錦田河、山貝河、大坑渠之類，聽到河溪的名字，就知會在雨天氾濫。最幸福的光景，是雨天的時候見到同學的爸爸用鳳凰牌單車將他載到小學上課，令他不會濕腳。當時是不會有汽車送學生上課的，遠路的學生搭巴士，沒有巴士到達的村落，小學派出校巴來接送。那時還有冬令時間，下午班放學的時候已經天黑，校巴駛過元朗的福記棺材舖，駛過錦田，再駛入水盞田、蓮花地這些黑暗的鄉村路，大家都在講鬼故事。

元朗市區有一位叫哈囉蘇的怪客，終日在跑步，見到人就揮手說哈囉，即使在冬天也是穿着運動短袖衣和短褲在跑，身上冒出白氣。教我們體育的老師叫我們學他，在大寒天跑操場，這樣才夠魄力。但我們覺

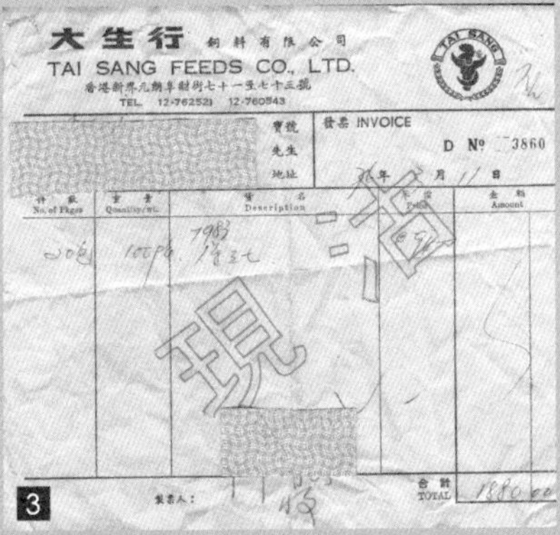

大生行 飼料有限公司

TAI SANG FEEDS CO., LTD.

TEL. 12-762521 12-760543

發票 INVOICE

D № 3860

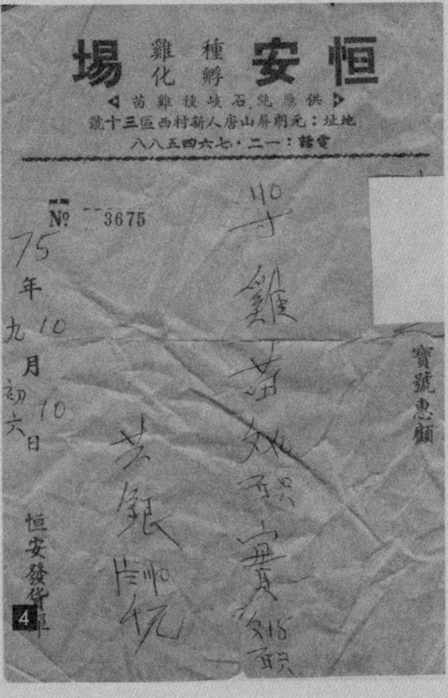

恒安種雞孵化場

供應純石岐杯雞苗

地址：元朗屏山唐人新村西區三十號

電話：一二・七四六五八八

№ 3675

75年 9月 10 初六日

寶號惠顧

恒安發貨單

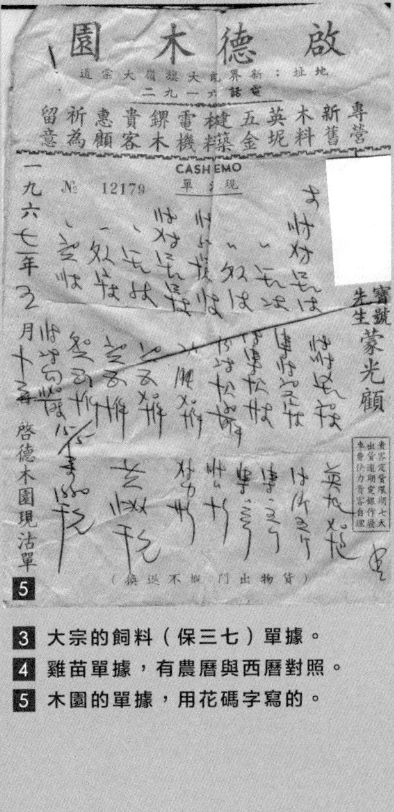

啟德木園

地址：新界大埔大窩道

電話 六一九二

專營新舊木料英坭五金建築材料電機鏍木貴客惠顧祈為留意

CASH MEMO 現沽單

№ 12179

一九六七年三月十五

寶號 顧光蒙 先生

貴客定貨限期七天出貨逾期定銀作廢本園有車負責代客自理

啟德木園現沽單

（貨物出門不換退）

3 大宗的飼料（保三七）單據。

4 雞苗單據，有農曆與西曆對照。

5 木園的單據，用花碼字寫的。

得他只是個怪人。

一九七五至一九八二年，我在鄉議局元朗區中學讀書，之前在凹頭的元朗官立小學下午校。整個童年的學校教養時期，都在元朗市鎮度過。元小是新舊校並存的，有自己的籃球場和有蓋操場，另外還與元朗公立中學合用一個正規的大足球場。舊校變成校工宿舍，但可以入去看，紅牆黑瓦的殖民地建築，有煙囱的。有時在籃球場踢足球，足球飛上舊校舍的屋頂，就勞煩校工上屋頂去撿拾。小學的學校公函，用油印紙手寫的，字體是中文老師周家和先生的隸書。周先生好隨和，不顯露知識，我們好久之後，才知周先生是廣州珠海大學的歷史博士。只是來了香港，學歷不受承認，要屈就在小學教我們中文。我升讀中學的時候，周先生考取了教育署的教學資格，可以跟着過來鄉議局中學教中文和中國史。

一年，元小的頒獎禮，請來鄉紳鄧若璠老先生主禮。講詞是用賦體寫的。鄧老先生用本地那種有十個調的粵語——圍頭話讀那篇類似《勸學賦》的傑作。那時仍無冷氣，禮堂是通風的，忽然颳來一陣風，講詞吹落地上，鄧老先生發了脾氣，說：「唔講了！」哄堂大笑，鄧老先生也知道失禮，一臉通紅，依舊頒他的獎。我現存在抽屜裏面的帆布筆袋就是這樣得來的，我每年都得到學校的英文獎。有一次得到十五元獎學金，上面有教育司陶建（Kenneth W. J. Topley）的親筆簽名，可見當年政府獎勵學子的用心。（圖六）

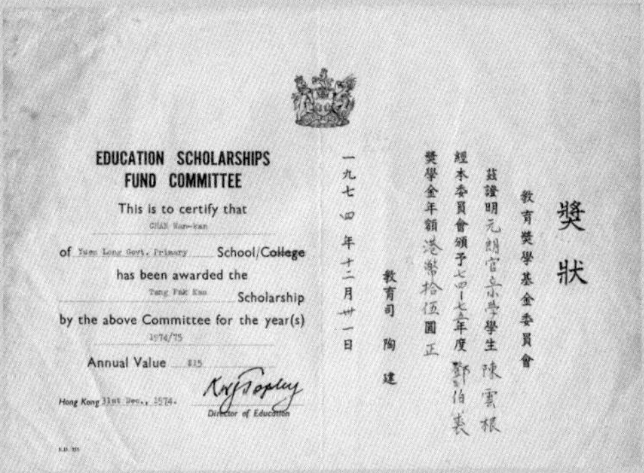

EDUCATION SCHOLARSHIPS FUND COMMITTEE

This is to certify that CHAN Wan-kan of Yuen Long Govt. Primary School/College has been awarded the Tang Pak Kau Scholarship by the above Committee for the year(s) 1974/75

Annual Value $15

Hong Kong 31st Dec., 1974.

K.W.J. Topley
Director of Education

獎狀

教育獎學基金委員會

茲證明元朗官立小學學生陳雲根經本委員會頒予七四—七五年度鄧伯裘獎學金全年額港幣拾伍圓正

教育司 陶建

一九七四年十二月卅一日

6 教育司陶建親筆簽名的十五元獎狀。陶建於一九七四至一九八三年任教育司。

不要學紅毛鬼的字！

中學是官校，典禮台上鋪了英國米字旗，之前循例奏《天祐我王》，全體同學要起立致敬。每當此時，總有些鄉村的同學心裏不服，遲遲不起立，要勞駕風紀催他們站起來。

學校的中文老師，差不多每年在預演頒獎禮（rehearsal）的時候，在奏英國國歌之前，都要循例向同學勸勉一番：「接着是奏英國國歌。我校是官校，有教育司的代表來觀禮，因此一定要奏英國國歌。同學不一定認同英國，但即使在國際場合，聽了異國的國歌，循例也要肅立致敬的。」當年就是這樣度過坐落在元朗的官校教育，以國際觀念來面對英國宗主國，到了今日，重新思考起來，這是我本土意識的萌芽了。後來我才從吉慶圍的鄧族同學知道，英國租借新界的時候，族人曾經在光緒二十五年（西元一八九九年），連結新界七十二姓，共組「達德會」，動武反抗英國接管新界。英軍開炮，轟破鐵門，村民死傷無數，集體葬在金雞山下，雖敗猶榮焉。

我當時雖然年紀小，但畢竟政治覺悟高，知道當年抗英的村民，不是愛國，而是念舊。滿清皇帝賞賜了很多功名匾額給鄧族，鄧族就是看不慣英國人代替滿洲大人來收地契，將永久擁有的土地變成租借地。

英軍與新界人火拼之後，八十年過去，舊恨在心的鄉民還是有的。讀中二的時候，一九七六年，一日放學，我在巴士上專心背誦英文單字，一個在錦田吉慶圍下車的、穿唐裝、戴圓帽的老人一臉鄙夷地，向我訓話：「不要學紅毛鬼的字！」我那時候學英文很用心，每天從各個學科裏學到的字，連例句抄在一張紙上，天天背誦，到了真的記住了，才把揉舊了的字紙扔到灶裏燒掉。聽了老者的訓斥，我沒有反駁，只是低頭。他有他的道理。後來也再見到他一次，那次他低頭無語，然而下車之際，仍不忘在樓梯回頭告誡我：「不要讀紅毛鬼的書！」

又有一年，碰到一個精神失常的中年人，在元朗上車，之後不斷用粗言穢語辱罵英女王。一程車，女王給他評頭品足，由髮型到腳都給他用粗言罵遍了。他之後在石崗軍營落車，往大江埔而去。他的家族也許有人在新界的六日抗英戰鬥犧牲了吧。鄧族的先輩曾經是宋朝的郡馬，而且歷代出了好多進士和翰林，祠堂、書室掛滿了功名匾額。對於番邦異族，不會隨便歸順，八十年過去，一口氣還是吞不下。

元朗公立中學出了個畢業生，後來成為電視藝員，他叫鄧英敏，是杜平的徒弟，我們學生時代在翡翠台的《歡樂今宵》見到他，感到好光榮。當年是電視時代，電視藝員的名字比鄉紳更響亮的。後來屏山有鄧達智，也經常上電視。大榮華酒樓的肥韜（梁文韜）也是。

元朗有新舊墟，幾條大街。大馬路、安寧路和教育路是我最熟悉的。大馬路是巴士行經之路，大街上福記棺材舖和光明書局比鄰並列，安寧路是道堂和醫館林立的地方，教育路是我讀中學的地方，小女友也住在那裏。鄉村幼稚園的校長，有一年在元朗珍珠樓買了樓收租，村民都很欣喜，知道她老有所依，因為學生愈來愈少了。元朗人喜歡飲茶聚會，大馬路有龍城、龍子、龍祥、龍鳳等以龍字為首的酒樓，另外有嘉好、嘉城、嘉麗華三家嘉字頭的大酒家。大馬路的龍鳳洋服，講究派頭的同學會去那裏度身做校服，否則就隨便到中都國貨公司買白恤衫和黃斜褲。大陂頭的大球場可以看到足球比賽。大馬路乾新樓曾經設立全球第一間尼克遜圖書館，一九七〇年搬到大球場那邊的大會堂三樓。一九五三年十一月，尼克遜副總統訪港，為了考察中國與香港之間的邊界，訪問元朗，之後捐出一點資金為元朗兒童設立圖書館。尼克遜圖書館是我童年啟蒙之地；中學期間，幾乎每個午飯時段我都會過去看一下書，而且是隨便瀏覽那種，中學七年，整個圖書館的中英文書都看遍了。

一九八〇年，我在鄉議局中學讀中五的時候，翡翠台播出《風雲》（*This Land is Mine*），講述元朗新市鎮賣地發展地產的衝突，有幾個外景在元朗官立小學的凹頭的士多拍攝。仙杜拉唱的主題曲，聽到「是誰令青山也變，變了俗氣的咀臉；又是誰令碧海也變，變作濁流滔天」，已經心酸。之後我上了香港中文大學，去了沙田宿舍居住，離開元朗市鎮，沙田由填海而來，鐵路電氣化之後，全速發展。時代之奔騰，趕得上去的會瘋癲，趕不上去的會沮喪。

元朗有了輕鐵之後，樣貌大變，大馬路變得擁擠，人車爭路。西鐵通車和大陸自由行來元朗走私倒賣，更令元朗面目全非，之後我極少在市鎮行走，只是搭車路過，因為境況不忍卒睹。前年在一家潮州店買滷水鵝，菲傭用英文問員工，幾時有特價雞賣？員工是大陸新移民，她沒有理睬菲傭的詢問，反而用普通話冷嘲熱諷：「這裏是中國的地方，你要講國語。」對於一個曾經講圍頭話、客家話和潮州話的地方變成這樣，令我錯愕。

五年前，參加鄉議局中學的舊生週年聚會，聽見大家講述失去的耕種家園，多數是變成某某大廈、花園小溪的，其中一位同學這樣說：「爸爸並沒有甚麼大本領，但他為我們建了一個家，還有個小水池。現在，我家變成高架公路的一個橋墩，你們的舊居還可以看到新的高樓，我的舊居卻被橋墩壓住。」

元朗是我故鄉，此地是最早有華人定居的香港地。是次元朗的風俗訪問，順便舊地重遊，勾起了我好多回憶。訪問了錦田和屏山的鄧族、新田的文氏，以及元朗市鎮的殷實商人和樸素街坊，重溫了童年的記憶，補充了兒童時代見聞之不足。例如單車、鐘錶、飼料、蠔田、趙氏與鄧族的世代情誼、泥造的穀磨、皇姑的朝服、新田的草藥等等，都是童年未聞之事。銘感諸位父老街坊接受訪問，得以存錄元朗故土的風土人情。

陳雲

夏曆丁酉年六月初二日

西元二〇一七年六月二十五日

第一章 經濟與民生

童年時候，大概是上世紀七十年代中期，我在元朗市鎮讀中學，在十八號巴士聽見由九龍來的兩個師奶，全程在談走地雞的風味，好像食了這一餐雞，此生無求。一個「滑」字，出現了幾十次。那時我也有一個「滑」字，就是滑稽的滑，走地雞在元朗鄉村隨便食到啦，何須如此津津樂道，好像前世未食過雞似的？元朗有一個雞地是專門收買雞的，外地人不識鄉村物產豐富，簡直是大驚小怪。幾十年之後，才知道大家失落了甚麼。

廣東河口的農田生態，魚與禾是連在一起的，魚塘與禾田並生。元朗在上世紀七十年代之前，是魚米之鄉。元朗絲苗遠近馳名，當中以「齊眉」米出名，齊眉米身細而長，有咬口（嚼勁）和飯香，俗稱「老鼠牙」，少量遠銷美國華埠。

香港是丘陵地帶，全港只有元朗一塊平整而廣闊的河谷平原，位置接近后海灣，地勢平坦，一旦大雨，后海灣或附近的河道便會氾濫或倒灌，這令到元朗經常水浸，但也令到元朗土地肥沃，河道中充滿水草，而且適合挖魚塘養魚或在泥灘修築海堤養蠔、養蝦或鹹淡水魚（如烏頭）。魚塘在冬天要挖走淤泥，這些魚塘泥有魚糞和腐葉，除了翻出來曬乾，鞏固塘基（田堤）之外，可以用來肥田，令土壤適合種植需要大量肥料的稻米，此外也可以在魚塘的堤岸區域種甘蔗、果樹和桑樹之類。魚塘維護了禾田、果園、菜園的土壤肥力，也保持了潤澤田地的水源。香港都市人口增加之後，需要副食品，元朗成為雞鴨鵝養殖之地，也成為種菜的地方。初中的經濟及公共事務科（E. P. A.）稱之為 market gardening，為市區的市場而耕作。於是大馬路充斥飼料行、肥田料行、農藥舖、種子舖和茶樓餅家，也有銀行及鐘錶珠寶行。昔日元朗茶樓特別多，因為鄉紳、鄉民及商戶需要地方談話交際及商議事情。茶樓是鄉議清談之地，辛勞之後找個地方歇腳、敘舊、講是講非。

流浮山因為盛產生蠔及淡水魚，又有海魚，故此頗多海鮮酒家及海味店。海味店買蠔豉、蠔油、蝦乾、鹹魚等，往日頗多本地旅遊團及外國人前往流浮山品嚐海鮮及選購海味，並可遠眺中國邊境。七、八十年代流浮山興旺，酒家愈開愈多，後來生蠔供應不足，變從大陸買入。

絲苗米、烏頭魚、生蠔

元朗以前有「八鄉四寶」：元朗絲苗、流浮山生蠔、天水圍烏頭及青山魴鯏。可惜到了中國農產品傾銷香港的七十年代，禾田與養殖不足以為生，青年人移民英國，精英在美加遊學，天水圍魚塘被填平建屋，廣東開放改革之後，流浮山受到珠江口的工廠污水及生活廢水污染，生蠔不能食用，烏頭目前只有新田和白泥尚有少量魚塘在生產。元朗絲苗已在港消失四十多年，望原和新田部分耕地近年再次嘗試種禾苗，打着「本地米」的招牌，雖然年產量不足兩噸，依然十分搶手。

元朗烏頭源於基圍。上世紀二十年代，深灣一帶之村民在海邊築壆，用以抵禦潮水倒灌，被基壆圍繞之濕地稱為「基圍」，亦是魚塘的前身。三十年代，山貝村附近的鄉民開始建造魚塘，並利用雨水來沖淡塘中土壤所含之鹽分，使塘水適宜飼養魚蝦。直至八十年代，養漁業仍是蓬勃，本地淡水魚當中，元朗烏頭佔四成至五成，高峰期元朗每日出產兩萬條烏頭魚。烏頭魚生長在鹹淡水交匯處，元朗養烏頭的魚戶每

1 雞欄收雞單據。

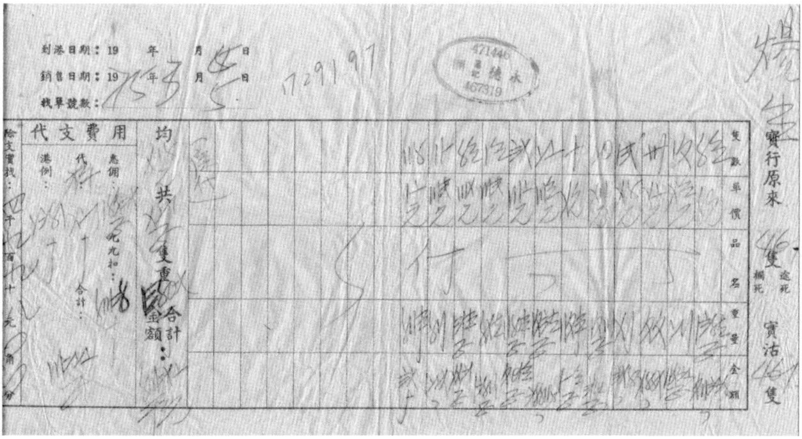

年在海邊捕捉野生烏頭魚苗，放在魚塘飼養，可惜後來本地海域野生的烏頭魚苗愈來愈少，要依賴大陸和台灣的供應。元朗烏頭肥美，用鹹檸檬蒸熟之後，扒開魚鱗，背部有一片甘香可口的黃油溢出，混合元朗本地醬園出產的頭抽豉油，是送白飯的首選。

因為地勢低窪及水源豐富，元朗一帶養鴨場頗多。雞場及豬場更是不在話下。由於畜牧業需要興建農舍，故往日元朗有頗多木園（木材行）、五金及竹木山貨舖頭。畜牧興盛，令長沙灣的批發商主動開貨車來元朗收購長成之三鳥（雞鴨鵝）。筆者家中之單據，可見當年養殖業之興旺（圖一）。

元朗古稱圓塱。「圓」是完整、豐滿的意思，「塱」則是指江邊或湖邊的低窪地。元朗名字由「圓莆」、「元塱」，演變至現時元朗，英文舊日寫成 Un Long，今日多數寫成 Yuen Long。遠自宋朝已有大批居民從廣東南下落戶元朗。鄧氏家族和文氏家族為最早落籍元朗的華人。由於海盜及土匪橫行，故此鄉民必須興建圍牆保護，稱之為圍村或圍頭。由於鄧氏及文氏遠祖都有功名，故此元朗特多書室學社及大夫第，祠堂亦常見掛滿功名匾額。因防衛之需要，元朗昔日武館林立，大樹下天后誕巡遊之時，各派武館派人出來舞龍舞獅，演練武功，亦是元朗之盛事。

《新安縣志》「大橋墩墟：附峰　圓莆」記錄了元朗原本是個鄉村市集，元朗大橋墩墟更早在明朝年間，即三、四百年前出現，位置未可確定，依照天后廟的位置推測，大概是十八鄉大旗嶺大樹下，因為山貝河的河道深，可駛船，方便開設墟市。清朝順治年間，實施防止沿海居民接濟明朝遺臣鄭成功的遷界令後，大橋墩墟荒廢。至康熙八年復界，錦田鄉紳鄧文蔚做了知縣，獲封地設墟，原本欲把大橋墩墟重建，但認為圓塱的位置更合乎商業，因此在南邊圍附近創設圓塱墟，即現時元朗舊墟。縣志如此描述舊墟：「往來行旅，莫不挾所求而來，愜所求而去，豈非儼然一大都會哉。」以前新界的墟市都靠水路的，元朗墟、大埔墟、將軍澳墟都是。

從工業化到樓盤化

舊墟當年是錦田、屏山一帶鄉民買賣農產品之處，每月三、六、九日為墟期，鄉民依時「趁墟」買賣，元朗商人亦時常泛舟至伶仃島與外國及大陸商人貿易。一九三五年青山公路元朗段建成，元朗大馬路（簡稱大馬路）通車，令元朗市鎮佈局改變。興建大馬路之後，舊墟街道狹窄，加上錦田鄧氏墟主與部分商人疑因佣金爭議，市集推移到大馬路新街市，其後由元朗合益有限公司興建市場，取代舊墟。戰後香港工業起飛，不論新舊墟市，乃至近馬路的鄉村，都是工廠，為居民提供大量就業機會。橫洲工業邨及屯門工業區更令鄉民有頗多工作選擇，半工半農的生計令元朗人可積累財富及支撐本鎮的飲食業和銀行、金銀珠寶業。

元朗鄉紳甚為重視文教，即使清朝廢除科舉，此地依然不斷興建書室學社，英治政府引入元朗官立小學、元朗公立中學及鄉議局中學，更刺激鄉紳興建新式學校，令子弟求學上進。然而，子弟讀大學之後，頗多遷出元朗甚至因九七問題而移民美加澳紐。上一輩鄉紳退隱之後，後繼無人，長進子弟又多遷出或移民海外，故此留下之鄉紳，間中也出現言談粗鄙者，失禮祖先。

自七十年代起，元朗市及天水圍相繼成為現代化的衛星城市，市內大廈林立。輕鐵、西鐵、三號幹線及大欖隧道於啟用之後，元朗區的對外交通大為改善。天水圍有大型屋邨、西鐵站及附近物業；洪水橋、大棠、錦田等地方相繼出現新樓盤，大陸自由行旅客來港走私帶貨及購物消費，令元朗市面繁華，但也迫走不少老店。地產興旺，也將不少戲院改建為商場。今日元朗市中心變成購物區及飲食區，飼料行結業或搬往邊陲，只剩下一些種子舖。強勁的鄉民、外來住客及遊客之消費，令元朗頗多食肆及食品出名，例如大榮華酒樓的舊式圍村菜、恆香老餅家的元朗老婆餅、大同餅家的月餅及雞仔餅、好到底麵家的餛飩麵、勝利牛丸的牛丸、許留山甜品店、B仔涼粉、某些滷水鵝店、石崗軍營撤退之後留下尼泊爾僱傭兵的咖哩飯店等，都使元朗飲食稱譽一時。

耕讀傳家，恢復舊志

《孟子・離婁下》曰：「孟子曰：『君子之澤，五世而斬；小人之澤，五世而斬。予未得為孔子徒也，予私淑諸人也。』」語譯：君子的遺風，影響五代以後中斷；小人的遺風，五代以後傳統中斷。我沒有能夠作孔子的門徒，但我卻遵照孔子的善道教誨為學行事。

古人常懷憂患，恐懼家業不能經歷五代，即五百年，故此要戒出驕、奢、淫、逸。若能如此，即使未能親承先祖之教，也可以如孟子一樣，維持聖人家業。元朗由往昔漁民之鄉、耕讀之家、趙宋遺民之地，變成九龍市區居民之住宅區及飲食場，撫今追昔，令人唏噓。惟鄉民仍有安土重遷、自外國回流安居者，年輕一代也偶有復耕田園、戀土懷鄉之志，故此仍希望元朗新舊居民，可以將耕讀傳家之志氣，發揚光大。

第二章 人物訪問

錦繡河山，福蔭吾鄉

鄧奇漢老師

鄉紳是鄉間的紳士，舊時是似官又異於官，似民又非民，可以排難解紛，一言九鼎，不論是滿清大人或英國洋官，見了新界鄉紳，都要敬重三分。出自貴族苗裔，祖上中過進士，做過翰林，世代延綿，進入現代社會，子孫讀大學做博士，不一定在現代政府做官了，整個家族依然享有崇高威望，舉止靜定，不怒而威。鄉紳在古代稱為處士，是未做官但可以隨時出仕為官的一群人。英國的鄉土也有village gentry的人士，殖民統治香港時期，稱呼他們為village gentry，授予太平紳士（Justice of the Peace）銜頭，給予若干權力，可謂知人善任，輔助異族在香港的統治。他們有財力，有文化地位，甚至擁有一定的武裝自治力量，有教頭和團練，滿清時期甚至擁有長槍火炮，在鄉坐擁一方勢力。鄧族是錦田

的望族，源自南宋。鄧奇漢先生是錦田的鄉紳，為錦田建樹良多，在鄉議局元朗區中學任教中文及國史科，傳揚華夏學問，在鄉內是德高望重之人。他的經歷與錦田的歷史一樣，適逢知音後輩來訪，鄧老師呷一口清茶，就可以娓娓道來。

據說千多年前，錦田本名為岑田，是岑田人氏的聚居地。鄧氏祖先早年在荃灣鱟地定居，子孫繼而在大埔龍躍頭和元朗岑田開枝散葉。荃灣鱟地，鱟俗稱將軍蟹，形如披堅甲之墨魚，風水先生稱鱟地為半月照潭。鱟地本為海邊小圓丘，從對岸青衣島遙望鱟地，便見水中有圓丘倒影，形如半月，因以得名。半月未滿，有沖虛靜守之意。

岑田人氏在鱟地建了一座洪聖廟，設了大佛供奉，其後遷移到別處，只剩少數族人聚居。後來錦田祖先在旁立村，開墾田地，進貢朝廷的農產豐富。至明朝萬曆年間，新安縣大旱，知縣向各鄉徵集糧食，相比其他鄉鎮，岑田村所捐的糧食數量出乎意料的多，知縣認為「地皆膏腴，正錦繡之鄉村也」。岑乃崖岸高曠之意，岑田乃舊日自謙，今得知縣稱頌，岑田自此更名為「錦田」。據說錦田祖先漸次擴展地界，有一晚他們把岑田人氏的墳地填平，火燒廟宇，進駐了岑田人氏的地域。岑田人氏憤怒，向地方官狀告錦田祖先，官員認為被火熏黑的廟宇只因日久失修才殘破不堪，岑田人氏狀告失敗。如是，錦田鄧氏定居下來，田地水道縱橫，下游地界因歷次氾濫而模糊，順從生活所需而擴張。舊地有新民，耕田因地力，族人眾多自可多開墾土地耕作，族人稀少的也無從計較了。

宋朝年間，鄧氏家族機緣巧合，與宋朝皇室締結良緣，稱為「皇姑子孫」。當時鄧先生的太公以養鴨為生，遇見衣衫襤褸的十歲女孩孤身可憐，便收養在家，及後發現落難女孩包袱裏有皇室的信物，但太公沒有聲張。女孩長大後，嫁給了第二子鄧懷騰。至南宋年間，宋光宗於民間張貼皇榜，尋找失落的皇室子嗣，這位女子當時年屆八十，卻對皇榜之事十分在意，聽了便要求兒子撕下皇榜帶回家給她看個清楚。兒子提醒母親，毀壞皇榜會遭官府捉拿，老婦人再三考慮，終向鄧家透露了身為皇家子孫的秘密，他們一同上京與皇帝會面。宋光宗確認此女子為當年失散的郡主，賜封其丈夫為瑞苑郡馬，其子為大碩，更賜予宋徽宗所畫的《御鷹圖》。宋光宗本希望留皇姑在宮內生活，奈何她掛念錦田鄉中兒孫，只好婉拒。此後每逢打醮，村長會取出鷹圖懸掛，予村中子孫一睹皇室舊物，了解家族輝煌往事。皇姑死後，墓地設於東莞，每逢十月重陽前後，鄧家後人會到東莞祭祀，稱為「拜皇姑」。可惜墓室裏的陪葬品被不少盜墓賊偷走了，鄧奇漢老師的弟弟鄧偉雄先生在旁不禁慨嘆，世風日下，活人連亡者的財產也不放過。

清初年間，為了壓制漢人及明朝遺民，免得他們與鄭成功將軍的殘餘部隊結盟起義，政府推行「遷海」政策，稱為遷界令，於沿海劃地為界，強迫居民向內遷移，錦田亦在「遷海」界的範圍之內，居民迫於無奈失去家園和田地，受盡遷徙之苦，對老弱更造成不少人命傷亡。眼看居民受難，廣東巡撫王來任和兩廣總督周有德先後上疏，指出遷海政策之弊，並上奏朝廷，請皇上「復界」，更不時抗清廷之命向居民提供協助。二人因而受到政府責難。為了不牽連同僚，兩人最終寧願自殺。後來，清政府實施「復界」政策，至康熙八年錦田才正式復村。錦田村人有感周、王二公之恩，建立周王二公書院，又名「巡撫寺」以祀二人功德。及後村民開田所得的租金，籌集並設辦「巡撫會」供奉二人，以示尊敬他們的大恩大德。

遷界令下，村民流離失所，死於路途者無數，家鄉十室九空，今錦田之樹屋遺跡，就是遷界之後無人還鄉而丟空，以致藤蔓纏屋。為了超度遷界而死的人，錦田每十年會舉行一次打醮法會，亦藉此再次酬謝周、王二公之恩。據北圍村村長鄧英華先生所知，農業社會及漁業社會的打醮日期是有分別的，漁業社會一般在農曆四月、五月舉行，農業社會的錦田則在農曆十月、十一月間舉行。錦田的打醮儀式以「行香舞鬼王」最具特色，村民會抬着約三層樓高的紙紮「鬼王」出巡，以鎮壓邪靈野鬼，並祈求錦田未來風調雨順，福澤安康。有份策劃打醮儀式的鄧英華村長強調，鬼王須以竹枝紮成，若用鋼鐵製作是難以達到此等高度。打醮約長一週，過後將醮棚改成大型戲棚，設座椅公演「神功戲」。戲棚用色斑斕奪目，驟眼一看恍似一隻巨型孔雀在展現自己的尾屏。今屆錦田鄉紳邀請了「錦昇輝粵劇團」一連六天上演多套經典戲寶，《七彩六國大封相》、《龍鳳爭掛帥》、《征袍還金粉》、《白兔會》、《再世紅梅記》、《賀壽天姬大送子》、《帝女花》、《雙仙拜月亭》等。今屆座位數目六千，比香港大球場的四千座位還多，可知戲棚場面浩瀚，熱鬧空前。

錦田村民舊時耕讀傳家，民風淳樸，他們以務農為生，良田以種禾米為主，水田可種馬蹄、西洋菜之類。鄧先生的父親雖然沒有接受學校教育，但他精於改良稻米品種，甚至能夠讓禾稻的生長從十一、二顆粒增長至二十顆粒，成績驕人。鄧家亦有飼養雞鴨、魚類，當年的魚塘達兩百畝之大，雞場設於錦上路，家業可謂豐足。

解決了衣食，便有餘錢供養小孩上學讀書。錦田最先建立的是位於桂角山的力瀛書院，教當地原居民四書五經，由鄧公符協興辦。此後錦田文風逐漸興盛，家長們愈發關心孩子們的學業。全港最早的私塾是北圍內的二帝書院，內堂旁邊的閣樓供老師起居，閣樓下可以煮食。村民供老師住所和米糧，老師只教村中子弟，學古文，也請教頭練武功，一

文一武，即所謂的私塾。現在祠堂書室還可以看到三百斤的關刀、舉重的石擔、用臂力拋擲的石鎖等等。錦田原建有文昌塔，樓梯兩旁建有雲形石壆，族人在上京考取功名前也會到此跑樓梯，希望金榜題名，從此踏上青雲路。明清期間，考取進士頭銜的子弟，可在其祠堂添上兩道羽毛，寓意獨佔鰲頭。後來中國陷入鴉片的毒害，大家雖痛恨卻又無可奈何，此時有人指出該塔的外形與鴉片煙槍十分相似，似乎不太吉利，於是把塔拆除。他們把拆卸得來的磚石建設二帝書院，既用以供奉文昌帝及武帝，亦作子弟學習的書間，使得更多鄧氏族人可以讀書明理。書院的前院以白磚砌成，名為「白石巷」，故此書院學生又稱「白石巷子弟」。因西學興起，舊式書院在上世紀四十年代停辦，現時香港古物古蹟辦事處列作香港法定古蹟。

清代年間除了受害於「遷海」政策，錦田也經常受到盜寇騷擾。為了保衛家園，鄧氏建造了北圍、南圍、泰康圍、吉慶圍及永隆圍五道圍牆與連環門，四角築起碉堡，加挖護城河，若要過河須用上橋板。早年錦田的村屋朝西方建造，那時永隆圍亦是朝西，與泰康圍相對着，兩村經常有毆鬥事件，為免衝突延續，後來建屋的方向改成南方。此外，鄧氏族人還想出了另一個方法防止村人毆鬥。那時每一圍的居民均須派一位成員到別的圍居住，泰康圍的人會到吉慶圍居住，吉慶圍的人也會派人到泰康圍居住，這樣當圍與圍之間發生糾紛時，就可以請圍內的村中兄弟充當和事佬，各說好話，內外協調，化解紛爭。現時我們已看不到過河橋板的蹤影，而得以保留的圍牆也只有吉慶圍。

至一八九八年英國向清廷租借香港，英軍來臨，要交出地契，由永業田改為租用地，錦田鄉民極力反抗。鄉民憑着吉慶圍高大的圍牆和護城河，以鋤頭和木棍負隅頑抗。英軍想要盡快攻破，於是以炸藥擊破吉慶圍的圍牆，佔領吉慶圍，更把吉慶圍和鄰近泰康圍的連環鐵門奪走，將那厚重精鑄的兩扇門當作戰利品，帶回英國博物館展覽。事件中，多有村人死傷，部分犧牲的義士被葬於雞公山下「妙覺園」內的義塚。錦田居民對失去鐵門耿耿於懷，那既是祖傳之物，也提醒着村人家園被侵佔的恥辱，鄧伯裘曾屢次要求英人歸還鐵門。至一九二五年，英廷才交還兩扇鐵門，一扇屬吉慶圍，另一扇屬泰康圍，故此現時在吉慶圍那兩扇鐵門一大一細，並不相稱。鄧英華村長對村內的古蹟保育成果引以為傲，現時大型古蹟約十三座：二帝書院、周王二公書院、吉慶圍、泝流園、廣瑜鄧公祠（又名來成堂）、力榮堂、洪聖宮、長春園、清樂鄧公祠、便母橋、鎮銳鋗鄧公祠、天后宮和錦田樹屋，盡顯錦田鄧族祖先在「文、武、孝、義」的修養。

英軍入鄉之後，派員登記土地，鄧族因為懼怕土地太多而被英國殖民政府視為大地主，加以整治，便放棄了一些由復界令之後南下耕作的客家人租用的貧瘠田地，原有田主反而不敢報官登記。這些租用人身無寸地，當然大膽向印巴裔的註冊官差（摩羅差）登記田地，於是佃戶反成了地主，令鄧族損失不少田地，這是「客家佔地主」的典故。

新界人武力抵抗之後，英國以懷柔政策統治新界，錦田居民與英國人的相處既有融洽之處，亦有矛盾的地方。在英治初期，香港只有兩個紳士，一為周錫年，二則是鄧氏族人鄧伯裘。當年新任港督到港履新，也會專程與二人會面，可見兩人有着一定的地位。鄧伯裘父親是鄧蒙養，務農出身，當年因為幫助英軍進駐新界，得了功名封為太平紳士。鄧伯裘亦是當年少數通曉英文的原居民，在爭取歸還錦田鐵門一事上提供了不少助力，使錦田居民最終能夠重獲鐵門。族人相繼興建蒙養學校及伯裘中學以表揚兩人的貢獻。這位太平紳士與英廷的關係十分良好，有專線與英女皇談話，更獲贈一枝手槍防身，而這枝手槍亦曾鬧出一件趣事。鄧伯裘並不習慣攜槍出入，只用報紙包裹帶在身邊。有一次竟然遺留在村民的商舖內，大家驟然看到真槍大嚇一驚，立即將手槍送去警局，結果要勞動警察交還予鄧伯裘。

此外，早年錦田建了不少酒吧，實際上也是為招待英軍而建，而英軍也不會故意生事，他們在錦田消費玩樂，為錦田帶來了一點繁榮。而為了表示善意，英軍在天災時會出動救人，平時會為鄉民修橋補路。所謂「一為神功，二為弟子」，築橋起路也方便英軍進入後山練軍操炮。北圍村內的鐵橋就是英軍建造，那道由錦田出元朗的鐵橋也是由他們興建，大家戲稱之為「紅毛橋」。紅毛是毛髮有黃赤之色，紅毛人、紅毛鬼是舊日港澳鄉民對葡萄牙人、英國人的稱呼。

至於雙方的矛盾自然源自於佔領者與被佔領者的角色，以及文化上的差異。鄧偉雄先生永遠也記得在英軍家屬俱樂部的足球場外，刻了一個標示，上面寫着：「華人與狗不得入內流連」，那種恥辱的感覺經過多年的歲月依然刻在心中，永不能忘。那時還流傳一個笑話，一個英國婦人抱着一隻富貴狗光顧中國餐館，婦人原意是想叫中國店主安排食物給狗享用，但由於語言不通，中國店主以為婦人想叫他們把狗烹了，調成菜餚，於是把狗殺了，氣煞英婦。英國人視狗為飼養的寵物，而錦田人活在艱難窮困的鄉郊中，何來甚麼寵物？寒冬無糧充飢，唯有養狗作食用，那時還有一個稱呼，叫「菜狗」，即夏季養狗，冬季便煮來食。類似的中西風俗差異不免引起糾紛。

鄧先生成長期間正值香港和平時期，故此有幸免受戰禍之苦。他父親育有十四子女，數量對於現代的香港人來說相當驚人。小時候，他會與弟弟到河裏捉魚、用丫叉追打雀鳥、滾波子，或是摘番石榴食。少年不知愁滋味，赤足在石地上踢足球也可以樂上半天。後期元朗戲院建成，他們便多了一項較為奢侈的娛樂。戲院位於福德街與元朗炮仗坊交界，分有堂座及超等席。堂座在地面一層的座位，超等即二樓或以上的座位，位置較佳，故此票價更貴。鄧先生和偉雄兩兄弟憶起一年難得一次到戲院看戲的往事，不禁眉飛色舞。戲院內看見的大千世界，加添了童年回憶的色彩和笑聲。

長大後，便不能單純只顧玩樂。完成中學課程後，鄧先生入讀

崇基專上學院。崇基學院創辦之初以堅道房舍及中環聖保羅英文下午校為校址，即聖馬可中學的前身。由於學校沒有宿舍，鄧先生便租用了界限街的萬氏宿舍。他對宿舍環境十分滿意，房租十分便宜，而一餐膳食只需花費五、六毫子。雖然六人同住一間房，卻不擁擠。及後崇基學院遷至新界馬料水村，鄧先生於是跟隨前往馬料水。起初學院未有興建宿舍，鄧先生只有居於附近的鐵皮屋，每到夏季鐵皮屋猶如蒸籠，寄宿的同學苦不堪言，待唸至大學三年級，正規宿舍方才建成，鄧先生懷着喜悅的心情入住，總算能盡情享受大學生活。

在崇基學院畢業以後，鄧先生需決定他未來的路向，最終他選擇了當教師，而這條道路竟出乎意料地順暢。正式當教師以前需要進行一年訓練，而課程分有特別一年制及普通二年制，特別一年制所資助的津貼較多，入讀者一個月可得一百八十元，相比警察一個月只得一百七十元，可見數額之高，不少人因而趨之若鶩。鄧先生謙虛地指出，雖然自己不是成績最優異的人，卻獲得了特別一年制的入讀資格，是運氣所致。一年過後，鄧先生申請到官立學校任教，因官校比私校福利更好，或許有祖先保佑，政府錄用鄧先生為公務員，派他至長沙灣警察小學任教。未能獲取正式大學學位是鄧先生的一個遺憾，豈料七年過後，新亞書院、崇基學院、聯合書院組成了中文大學，鄧先生便藉此機會回到學校修讀正式大學學位。那時上午到中文大學上課，下午回小學教書，生活過得相當寫意。

大學畢業後，鄧先生決定到中學任教，一展所長。此時恰巧鄉議局於一九六六年開辦中學，仿佛天意如此，鄧先生便選了新界鄉議局元朗區中學任教，教授中文及歷史。起初學校沒有宿舍，鄧先生便到外邊租住房子。後來政府建了宿舍後，便遷到宿舍四樓居住，屋子建得頗為雅致，設備也完善，不需租金。現時宿舍已拆，用以興建公屋。新界鄉議局元朗區中學又簡稱鄉中，第一任校長由劉選民先生擔任，早年有學生由屯門來鄉中上學，路途遙遠。因為市面沒有多少食肆，學生家境也不富足，普遍攜飯壺上學，作風節儉。而鄉中與柏雨中學在體育方面競爭之激烈也是相當聞名。經過多年的發展，鄉中奠定名聲，升讀大學比率節節上升，人才輩出，成了新界名校。

鄧先生在上世紀八十年代後期榮休杏壇，享受退休生活。他的好友曾請他到外國居住，更為他申請移民到美國，但鄧先生因習慣了錦田的生活，最終留在家鄉，只把孩子送到美國讀書。而他的兒子也不負所望，在彼邦大展鴻圖，其中一位兒子在加州大學畢業後，從事電腦工程行業，更開辦公司。早年亦有不少錦田的居民出洋過番，謀生海外，如英國、荷蘭等地，然而他們頗多並無申請勞工簽證而去，而是以旅行方式前往，之後非法滯留，在番邦匿藏，終日刨薯仔、捧唐餐。英國予以寬容，一般在當地住滿七年或政府大赦便可獲得正式公民身份。如今英國、荷蘭、德國一帶的舊式唐餐館，都可見到新界人的蹤跡。這些農村子弟，飄洋過海，於含辛茹苦之中，在異鄉興家立業。

回想起來，半生辛勞，鄧奇漢先生感激上天待他不薄，歲月安靜之中仍有感激之情。或許有些人認為錦田只是落後鄉村，但對鄧先生而言，錦田是錦繡之鄉，盛載鄧氏一族的輝煌家世。即使今日阡陌連綿之景不再，搭西鐵過了隧道，於晴朗時分進入錦田，陽光灑落山脊，舉目依然是青山綠水。

初稿撰寫人：褟煥儀

受訪者：鄧奇漢先生

訪問日期：二〇一五年九月十八日

文志雙先生

還鄉遇故人

「從粉嶺嫁到新田，新田近水，最大的改變是要適應新的草藥。水田的植物是不同的，在粉嶺龍躍頭那邊治療頭暈肚痛的草藥，在新田就找不到。家姑便引領我到田頭，摘一些他們這裏平常用的草藥。」一方水土養一方人，文老太沒講這句話，但她的經歷，卻顯示新界雖小，水土與體質卻是各鄉不同。

文老太

文先生一家是原居民。原居民是香港法例給予的名稱，他們是鄉民，安土重遷，除非遇到權利與尊嚴之事，否則不會特別強調自己是原居民，直至戰後遇到大量外來華人湧入新界居住的時候，他們才會意識到自己是原鄉人。在香港出生和長大，是土生土長的香港人。在一八九八年或以前以宗族村落聚居於香港，法律上稱之為香港原居民。文氏家族定居香港超過六百年，見證香港的滄海桑田，是貨真價實的香港本土人。

文志雙先生是文氏家族第二十四代傳人，家中排行第八，其母年高德劭，行年九十有二。訪問當日，文先生帶來高堂，兩代人申述家鄉舊事。文氏祖先是宋朝丞相文天祥的堂弟文天瑞，當年文天祥被元朝滅絕九族，文天瑞為避禍逃亡至海南島定居，繁衍文氏一族。後人文起東、文起南移居到黃浦江上游的松江，他們的子孫其後各散東西，有的留在松江，有的回到福建江夏村，有的來到香港，居於新田、大埔等地。新田的文氏族人聚居在六條村，即仁壽圍、東鎮圍、安龍圍、蕃田村、新龍村及青龍村。

文老太娘家乃鄧氏族人，早年定居在粉嶺龍躍頭一帶，家業興旺，男人妻妾眾多，平日有丫鬟服侍，不是尋常人家。大戶人家除了有顯赫家世，還會充當社區銀行的角色。當時土匪横行，只有富貴人家有圍牆和家丁護院，於是地位較低的家庭會把金錢存放在當地最富有的家族中，保管錢財，死前未有取回這筆錢財的，就會歸富人所有。文先生曾經聽過有一位老人家行將就木，在去世前夕，他的兒子抬着他打算到富人家取回存款，但老人在途中不幸去世，結果存款沒法取回，死無對證，令人唏嘘不已。

那時候社會奉行「重男輕女」的思想，男丁可以讀書識字，有男丁甚至到外國留學，研讀西文。富人自然不用擔心學費問題，那些財力不足的，便用柴枝或食物代替，有些甚至以洗衣服代替。文老太雖然身在大家族，卻沒有讀書的機會，只因生為女兒身。然而一個人的氣質，與讀書與否沒關係，與家族氛圍反而有關，看老太太的神情，就知道是詩禮傳家。

生活一直保持着平淡安逸，後來日本侵華，展開了「三年零八個月」的日本統治時期，文老太的娘家未能倖免，家當全數充公，過往的繁華生活有如過眼雲煙，轉瞬消逝。家裏糧食短缺，大家能食的不多，最慘的時候只有番薯葉、香蕉樹根可食。有時候更要撈起浮在水面上的水浮蓮煮熟充飢，那種帶有青草腥味的菜，平日是用作豬菜的啊。種番薯是為了食番薯塊根的，不是為了食番薯葉。到了現在，這類在當時視為戰爭時期迫不得已才拿來食用的番薯葉，竟不再是養豬的飼料，而變成餐廳的所謂農家菜，價錢還不便宜，老人家看在眼內，感到莫名其妙。

日本佔領香港時期，除了面對糧食短缺，藏身和避險的方法也是大學問。文老太憶起那時她和其他女孩子長期躲在屋內，有時甚至爬到屋子的瓦頂上，小心翼翼地匿藏着，唯恐日軍發現，捉走了就命不久矣。有時日軍搜不到人，舉刀一揮，刺死豬隻洩憤，看得她膽戰心驚。眾人小心翼翼地，苟存性命於亂世。兩年過去，文老太以十九歲之妙齡嫁到文家，從此遷到新田居住。

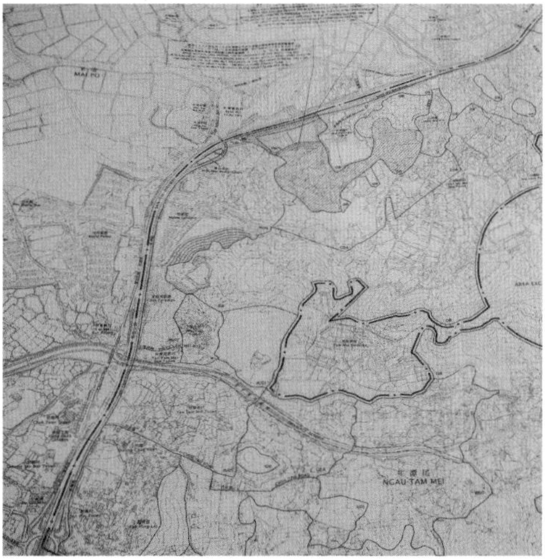

日本投降，香港度過了戰時的艱苦歲月，和平之後，大家又回到舊日生活。新田原來是后海灣的一部分，後來地質轉變，成為沖積平原，當地居民主要從事耕作、築堤養魚等為生，倒是安居樂業。新田水頭充足，村民可到井邊、河邊、山澗等地方取水，更用山水製作豆腐、腐竹等食品。由於四處是水，上世紀六、七十年代乾旱時期香港實施的制水，對新田的居民影響不大。

文老太一家在新田有幾塊土地，主要靠種田、砍柴等維持生計，聽似簡單，但過程亦頗為艱辛。他們一般七月開始在田裏栽種稻米，十月收割，其餘時分田地濕度過高，形成沼澤，妨礙耕作。雖然新田的地質限制了他們的耕作活動，但也不是全無樂趣，他們偶爾可從稻田裏尋得小魚、小蝦，為午餐及晚餐加菜。收成得來的禾稻經過打穀、曬乾的程序，再拿到元朗米舖出賣，一擔大抵可得幾十元收入，作為文家的膳食費。有時他們會帶上砍好的柴枝到其他地區售賣，早上四、五時便需起程，一走便要走三小時，少一點毅力也難以承受。

種禾及砍柴不足以供一家全年溫飽，他們亦會在家中飼養豬來賣，數量大抵兩、三隻，且以母豬居多，因母豬可產下小豬，更為划算。於是一間屋分成兩部分，人們在上層居住，下層作為豬屋，人豬共住，是現今的香港人無法想像的。豬養上五、六個月便可出售，每隔一段時間便有人上門收購，再轉售給肉檯及屠房。除了豬，電油也有市有價。當時大陸適逢戰禍，物資十分短缺，故此人們會在夜間帶着電油到深圳河邊界，大陸的人會出來交接，大家一手交錢，一手交貨，各

取所需。

現代人講求工作與娛樂平衡的生活態度，娛樂對文氏一家甚至是新田的居民恐怕是奢望，唯有在節日期間才會花心思在工作以外的地方，當然也是離不開飲食。新年時，婦女製作米餅、煎堆等賀年食品。若家裏飼養了雞，年初二的開年飯便可以食雞。至七月十四時，婦人們會煮手粉給一家人食。手粉以麵粉搓揉而成，內有花生餡料，外形方正，質地恍如蛋糕，這款農家小吃，至今仍有少數老店懂得製造。當時一家人口眾多，為了在中秋時有月餅應節，居民會參加元朗墟的月餅會，以分期付款方式預先訂購月餅，價格亦會較現成買的便宜。

新界鄉民有一獨特傳統習俗，是打醮，目的是撫慰亡靈，祈求來年風調雨順、國泰民安、生活安好。現時醮會每十年舉行一次，據說有部分新界地區會二十年、甚至六十年才舉行一次，故此有些人或許一世人也沒有機會親身經歷。起初新田進行醮會次數頗為密集，且儀式十分繁複，要請人來做大戲，要設置飲宴招呼大眾等，需要用到浩大的人力物力，每年每一男丁均需一同承擔這筆費用，可是大家收入不多，難以長期應付。有見及此，新田父老廢除繁雜儀式，燒金銀衣紙代替醮會。

農耕生活尚算安穩，但文氏家族並不滿足於現狀，他們一直等待時機，力求改善家境。五、六十年代間，外國需要大量的外國勞工從事低下工作，獲取當地的居留權變得輕而易舉，香港不少男丁於是選擇跑到外國謀生，他們分別到了新加坡、婆羅洲、英國、荷蘭等地。文老先生及其兄長感到靠耕種只能糊口，無法賺錢儲蓄，決意到英國謀生，賺了

的錢寄回家鄉給文老太。由於當時沒有完備的銀行兌換制度，由郵局負責匯款服務，故郵局外總見長長的人龍排隊提錢。鄰人羨慕他們有英鎊花費，要求他們帶村中其他男丁到外國打工，結果新田有不少村民到了英國，只剩婦孺留守香港。

在英國住了幾年，文老先生及其兄弟發現外國的福利不錯，而居留權也不難申請，經過比較後，他們認為荷蘭的移民政策最為寬鬆，而且福利優厚，其中一項是兒女費。當地政府規定，只要移民人士的兒女未滿十八歲，即使人不在荷蘭，也可以拿到這筆育兒津貼，雖然津貼數額不大，但正所謂「小數怕長計」，本來在英國打工的文老先生便決定移居荷蘭。

文老先生與其他文家男丁抵達荷蘭後，開始經營餐館，由於當地工人的時薪高，聘請工人可免則免，改由家人幫忙以節省開支，故餐館屬一門「家庭式生意」。順帶一提，荷蘭工人的時薪計算方式是十分誇張的，譬如若要請一位電燈師傅到家裏修理電燈，師傅甫踏出他的店門起，工錢便開始計算，可以想像若餐館跟師傅的店鋪相距甚遠，那豈不是要付出高價的「冤枉錢」？故此，最划算的還是由家人幫忙。省吃儉用令文老先生終於儲得一筆收入，足以在新田建五間丁屋。男丁們在荷蘭打點好一切後，婦孺們也隨之移居荷蘭，一家在彼邦團聚，而家鄉的農地亦因為休耕而漸漸變成荒地。

荷蘭的生活雖美好，但文志雙最終還是決定回流香港。很多人見他還鄉歸里，大惑不解，他卻認為即使成為外國公民，擁有外國護照，仍是成不了當地人，畢竟「黑頭髮，黃皮膚」的外觀不會因為一張當地身份證而有所改變。種族的隔膜勾起了思鄉之情，他決意回歸香港，並於一九九七年正式回港定居。而年輕的一輩因從小在荷蘭長大，對其生活方式極其適應，故未有跟隨，繼續留在外地讀書和工作。

一別多年，文志雙帶着期待、懷念的心情回歸香港，卻發現這片舊地已不如往昔。六、七十年代，在新界理民府的管治下，新界一帶的丁屋可供居民任意建築，把丁屋建成四層高。雖然這有違法例，但有關部門一向寬容，未有執法，政府默認此舉合法，是為「合法期待」，對新田居民而言是一種利民的措施。

然而自一九七二年起，政府實施「小型屋宇計劃」（small house policy），列明居民只可在村界（village zone，簡稱 V-Zone）內建設丁屋，新田居民各種土地與房屋的問題與紛爭亦由此頻生。

所謂村界，意指在一九七二年之前，在地政署的鄉村圖有地段編號 lot number 的屋，這些屋一般是村內老屋、寺廟、祠堂等。以有編號的屋舍作為圓心，半徑三百呎範圍內可以興建丁屋。譬如，新田村屋的地段編號以英文縮寫 STHL 識別，代表 San Tin House Lot。由 STHL No.01 開始，如此類推。至於村界以外的土地，如農地，是不能建設丁屋的，故此即使擁有私人土地，沒有獲批准改變土地用途，亦不能隨便興建丁屋。隨着人口增多，村民新一代的住屋需求量上升，自然需要更大的土地。政府表示居民可以申請擴大村界，以建設新的丁屋給子孫居住，但居民在申請過程卻遇到極大阻力，不是沒有回音，就是有諸多瑣碎的要求，申請最終失敗居多，亦意味着他們的土地使用權被無故凍結。有時候即使在村界內擁有土地，也未必可以順利建屋，皆因建屋亦須向政府申請，待政府批准才可施工。譬如，離馬路五米以內的土地不能建屋，要十米以外才會考慮；若附近有防堤工程，又不能建屋，唯恐建屋影響渠道，種種理由令村民氣憤又無奈。此外，由於居民擁有丁權，政府不容許他們申請公屋。不能建丁屋，又不能入住公屋，人口不斷增多，新田居民的住屋問題一直無法解決。

除了設置村界，政府所制定的土地用途亦為土地套上了無形的枷鎖。曾經有土地擁有人想在自己的農地恢復耕作和養魚，卻遭到政府的反對，表示濕地及漁塘是保育區，不可任意改動，村民只得土地擁有權而沒有使用權。反之，發展商想要購買濕地建作低密度住宅，新田鄉事會及三百多個居民向政府提出反對，只有五、六個市民支持，但最終城規會批准發展商購買土地，這種「多數服從少數」的情況是何等滑稽。發展商購買土地後，居民發現該地竟由「濕地用途」變成「未決定用途」（OU），土地的「保育標籤」忽然被剔除，可以任意發展。姑勿論這是否存在官商勾結，文志雙慨嘆政府做事兒戲。再者，近年來政府熱衷於在人口較多的新界東北尋地建公屋，卻沒有考慮開放新田的荒地，實在令人難以理解。他認為政府應考慮發展河套地區，並在周邊發展大型商場、食肆等配套服務，這樣可增加就業機會，減低區內居民到市區上班的需要，紓緩交通擠塞問題。可惜政府一意孤行，未有聽取村民意見，大家在困局中再次感到氣餒。此上種種可見所謂的城市規劃措施有各種漏洞，善待地產商，卻苛待原居民。

城市規劃措施固然未如理想，政府在土地擁有權的保障措施亦欠完善，文老太便因而受害。早在一九七五年間，有大批人士從內地偷渡到香港，那時他們沒有地方居住，於是請求文老太容許他們租借一塊田地，並在旁搭建小屋舍棲身。當年的鄉民古道熱腸，文老太眼見對方無家可歸，於是准許他們以一年二十元租用田地，有時候甚至不收錢，體恤對方貧苦，以農作物和家禽代替租金，彼此以信用及慣例行事，未料由此種下禍根。老太不懂得寫字造契，未有與對方訂立租約，一切講究信用，豈料人心不古。香港法例規定若十二年沒有訂立租約，沒有收取租金，土地便可逆權侵佔。文先生從荷蘭歸港後，租戶出爾反爾，不但拒絕支付租金，更指土地並不屬於文家，結果那塊地不明不白地由他人奪去了。「到底香港現在是一個怎樣的社會？人是甚麼人？食的是甚麼飯？我真的不知道。」文志雙憤慨的說着。文家在這場「逆權侵佔」的官司中敗訴，只能感慨人心不古，土地政策僵化。每每想及保障村民權益之不足，他唯有不斷向政府表達意見，希望官方會訂出良策解決丁權問題。

各種轉變令人不安，文先先仍希望造福家鄉。他在一九九九年當選為村代表，於二〇〇三年成為新田鄉委會副主席，及後再於二〇一一年成為鄉委會主席及區議會議員。期間他與其他新田的居民一同湊錢興建「惇裕學校」，希望為文氏族人提供教育機會。起初入讀的學生九成均是文氏族人，只有一個外姓人，具私塾之古風。及後學校改由政府資助，管理權漸漸移交到政府手上，入讀的學生不再以文氏族人為主。儘管如此，受惠過的文氏後人仍是心存感激。此外，由於新田地勢低窪，故逢雨多風大的季節必造成水浸。在村、鄉委會多次向政府反映之下，政府終於二〇一一年在村外築起一道排澇堤壩，解決了水患問題。

臨別的時候，文先生囑咐我們，一定去看新田的大夫第。那是大清同治四年（一八六五年）文頌鑾公興建。第是門第的第，府第的第，文頌鑾有進士功名，因品行素潔而獲清光緒帝御賜「大夫」名銜，故有大夫第。站在大夫第之內，看着那些翰林牌匾，雕梁畫棟，又得見昔日文氏開村時的恢弘氣象了。

初稿撰寫人：禤煥儀
受訪者：文志雙先生
訪問日期：二〇一四年十二月四日

鄧永成校長

耕讀傳家

屏山今日高樓處處，灰煙四起，昔日又是何等模樣？耕田種地是一定的了，但實際生活境況又如何？石磨大家見過，泥磨又聽過無？鄉下少年求學，三遷其所，是否匪夷所思？

「做人唔叻唔緊要，『認下敝鄉』，叻過頭就撞板嘞。」退休老校長鄧永成如是說。

「認下敝鄉」，這句舊廣東俗語，原意教人自認大鄉里，先自謙卑，不要事事逞強。然而，老校長的「敝鄉」，卻教香港人無不認識，正是新界望族元朗鄧氏。

年近八十的鄧永成老校長，是元朗厦村鄉羅屋村人。老先生記憶中的童年，鄉村生活，歲月靜好，人情樸素，心中無別事，但求兩餐溫飽。村中叔伯婆娘，茶餘飯後，在地堂並坐一處，閑話家常，彼此交換意見。

鄧先生說：「舊時的人生活好窮，購買力也不好，只有些紙幣『仙士』，用來交電費找續。大家食得簡單，主要靠自己種的，穿也簡單，隨便有件披着就算，甚至有件好的也不捨得穿，一世人只有阿媽留給他那件『天衣』，日日打赤膊。隔離鄰舍，大家附近耕田，都見慣了。即使細路仔也是穿着白工人褲，全村四處跑，跑到附近的小溪流，便跳落去游水。阿媽驚浸死佢，見到就拎住籐條追出來，嚇得成班細路笑着逃。不過今日回看，細路游水，雖則怕有危險，其實也沒甚麼不好，水上人家子弟出世不久，就一個個跳落海學游水。只是當年那些媽媽過分擔心，怕子女橫生意外，自己罪過，才有此做法。」

一九四一年，日本人攻打香港時，元朗圍村農田之外，仍是一片荒蕪，沒有馬路，即使有路，也是泥路田壆[1]。鄉郊交通不便，使圍村與外界隔絕，日軍不便前來，鄉下暫得粗安。不過村民的日子卻是過得窮苦至極，有田可耕的還好，連田都沒有的，便只有挨餓吃樹葉。當年時勢艱難，外頭時有盜賊入村擾民，惟幸盜亦有道，他們遇見村中養雞的，不會把雞統統捉去，卻放下些許錢，叫村民劏雞煲粥送來吃了，便靜靜離開，體諒貧民苦困，不使構怨。

1 壆，粵音博，土話，興築土石為堤也。田堤曰田壆，河堤曰河壆。

祠堂前方空地，本來種有菜與木瓜，可惜果未長成已遭人偷摘，更連木瓜樹也被斬去，剝皮取莖，當蘿蔔吃了。鄧先生當年讀一年級，祠堂老師家中斷炊，苦思無計，只好輪流詢問學生誰個家中耕田，藉辭上門家訪，以謀飯菜裹腹。年紀小小的鄧先生回家如實轉告，媽媽默然拾掇存糧，弄些「糖不甩」請老師吃，臨別贈予一小包米給帶回去。

舊時運農作物出元朗，無牛無馬，全賴一肩挑起。鄧先生記得，讀中學時，晚上到田心村附近落田割禾，賺兩、三元一日。他當時體重只得百一磅，割穀後，用麻包縫好，沿田壆搬回來，弄得筋疲力竭，若逢下雨更是泥路濕滑，麻包愈搬愈感沉重，根本抬不動。

和平之後，圍村漸有單車出入，日益普及。然則，為何用單車，不用木頭車呢？因為木頭車平路易行，小徑難通，但單車卻可推上田壆。及至五二、五三年，厦村鄉才開始鋪設馬路，通往元朗。最初路面不闊，約莫只有十呎，僅容一架貨車行駛，遇到彎位更要仔細遷就，慢慢通過，後來才逐步擴展至今日模樣。

既然昔日運輸全靠人力，祠堂內的巨大石柱便令少年的鄧先生心生納悶。究竟這些石材以前是如何搬來的？當然不可能用人手搬抬，更不會分拆運輸。鄧先生在田裏觀察，估計前人運送重物，有另外一種方式，就是在旱季或農閑時分，趁泥土乾涸，在上面鋪設滾木，再由水路運來石柱卸下，逐點推動而搬進村內。

鄧先生說：「現在田裏還可看到有排水的渠道，相信此處以前也如天水圍一樣近海。而且小時在舊屋發現了一些龍船杖，問八祖母來由，答道村內也曾扒龍船，只是龍船骨後來沒用了，便埋於地下。」

昔日的天水圍是一片紅樹林海灘，尚未建屋發展。故此輞井與大井，各自建有明顯的磯圍壆，用以阻擋潮漲。聞說在一九二六年，天水圍趙氏成立聯德公司，有意發展天水圍。鄧氏先祖志明公因娶宋朝皇姑為正室，獲封郡馬，鄧氏與趙氏誼屬姻親，世代交厚，於是趙氏族人與鄧氏執事商議，彼此同意將原屬友恭堂所有的天水圍海灘，先送給政府，再由趙氏購回。自此，天水圍一帶地方，多數改作農田，由於地處低窪，鹹水能夠湧上。故此，天水圍種的禾稻，與所謂的一級禾稻不同，均屬水稻，水浸不損，一旦潮退，禾稻仍可生長無礙。

戰後至五十年代，天水圍愈來愈少人耕田，改劃為一個個魚塘，後來管理不善，阻塞河道，經常鬧水浸，波及鄰村。鄧先生當時年輕，獲村推舉為代表，與政府及鄰村交涉。鄧只提出一點，就是不受水浸困擾。政府起初暫議，考慮容許厦村鄧氏在附近覓地興建丁屋居住，以補償水淹村地之失。待到天水圍發展，鄧先生早已退出鄉事組織，人事數變，議程多改，丁屋之議也就不了了之。

鄧先生憶述，以前村民養魚，多以淡水魚為主，然瀕海之地，潮漲潮退，鹹水湧至，所以磯圍的魚種，如烏頭、盲鰽等，水質鹹淡皆宜。故此養魚的村民，聽說也進帳不少。

舊日圍村，村民常自發組織巡邏保安，糾察盜竊不法等事，謂之「巡丁」，看守岸邊的，則稱「水巡」，工作屬半義務性質，薄有酬勞，由祖堂公款支付。而村民感戴巡丁辛勞，亦時有番薯等物相贈。鄧先生說：「巡丁平日除了巡邏，也會協助鄉里。好像村內有喜慶事，便自行組隊，維持秩序。村民搬重物搬不動，只叫一聲，巡丁便會幫手。水巡有時也會幫助漁民種蠔。以前圍村不會動輒叫警察來，都是自己負責治安。我曾見過外邊有人闖進來偷東西，被巡丁捉住，仍冥頑不靈，結果拖了去祠堂綁在鐵欄上打。」

以往物資短缺，農村器物，多是自製。譬如戽水的斗，就是用火水鋁罐，斜剪開去，封上尖角，再插竹枝而成。而牽牛、擔籮的繩，也是村民用大麻編織而成。種大麻今日視為犯法，以前卻種來做麻繩。大麻莖幹筆直，長成後，可以剝皮去芯，中間的麻骨用來燒火，外皮先用水浸軟，不斷錘打，剩下纖維，拆成粗線，再揉合為繩。另外，有一種苧麻，現在看不到了，纖維較為幼細，適合做秤陀「鼇戥」的繩。又有一種叫菠蘿麻，外形猶如一支支箭，麻芯開花後，斬去，可以扭起來做晾衫繩。

庚子科
副魁
副魁
候選守府

不少人都知道磨米用石磨，然而圍村原來還有一種泥磨。鄧先生說，以前西山村有兩位師傅到來造泥磨，大約兩日完工。泥磨直徑比石磨大少許，結構無異，上下兩層圓盤，連座，座邊有個承托，用以收集磨好的穀粒。泥磨製作，需要高超技術，師傅心中有數，掌握尺寸，編織外殼，用泥層層打緊，圓盤務求平整，磨齒排列配合，非要純熟手藝不可，不然中途會散掉。至於泥磨原料，要用山邊的紅泥，因其具有黏性，不摻碎沙，須憑師傅經驗分辨。當年的泥磨，手工精良，可以久用不壞，而且重量比石磨輕，轉速較快，有助節省人力，事半功倍。然而，泥磨只適合磨乾貨，不能磨濕貨，例如磨豆漿便不行。說到磨穀，也甚講究，事前穀粒要曬得恰到好處，不可太乾，否則一磨便碎，要保持濕潤，才能磨出一粒粒的米。

一九四七年左右，香港戰後復課，當時學校體制有四類，官校、私校、資助學校及津貼學校。資助學校須自謀經費，政府定額資助部分開支。津貼學校則類似官校，但設校董會自行管理校政。鄧先生最初在村校讀畢五年級，只有四名同學，校方以人數太少為由，無法開辦六年級。老師於是寫了封推薦書，着鄧到凹頭元朗官立小學碰運氣。早期的元朗官立小學（元小）為英式校舍，黑瓦頂紅磚牆，室內裝有壁爐。鄧來考入學試，做好試題後，老師即場面試。鄧原想重讀五年級，不過元小老師說道，五年級暫無多餘學位，加上鄧的英文程度未及，唯有入讀四年級了。

鄧先生每日從家裏到元小上學，路途遙遠，並不輕鬆，曾經試過清晨四、五點鐘起床，步行逾一小時回校，但過不了多久，發現這不是辦法。後來他聽說同鄉親戚在橫洲有些魚塘小屋可以暫住，便搬了過去，縮減路程方便上學。

他在橫洲住着的日子，閑來無事，就學習踩單車，心想終有一日可靠它四處闖蕩，便用四毫子租下單車兩小時，他騎在上面，成群玩伴從後扶着推，推不了多遠，大夥一哄而散，他還能騎着走，沒倒下來，算是學會了。鄧先生的爸爸於是買一輛廿八吋高的單車給他，是村民常用的款式，可是對小學生而言，單車的座位畢竟有點高了，鄧先生只好傾着身，踮着腳，踩幾步又走幾步，如此將就過去。

元朗小學原來設有三班四年級，每班四十餘人。學生讀畢四年級後，會甄選品學兼優者，送到油麻地眾坊街校舍上課，就是現時籃球場旁的酒樓位置。鄧先生為入選學生之一，因長途跋涉，又搬到深水埗白楊街同鄉處住，每日用一毫子搭巴士回校。後來索性把一毫子也省了，中午買麵包食，下午徒步走到油麻地上課。最初，來到新地方學習，課程內容加深了，英文課全講英文，歷史課全講國語，聽不慣，自然不及格，「紅底」多，後來用功讀書，補考及格，慢慢適應下來。可是，深水埗的住處，同鄉嬸嬸帶着三個孩子，均在香江書院上學。嬸嬸早上回廠打工，託他照顧孩子。鄧晚上放學回來，又見孩子們圍着檯做功課，令他終日不得溫習，故此在油麻地讀了半年，便回到元小，跟校長說明情況，恰巧六年級尚有學位，他於是回到凹頭上學。

重回元小，倉卒升班，英文可以追上，數學則不能銜接。其時元小初辦升中試，小六兩班共七十多人，大概只會篩選一半升讀官校元朗公

同心同德

稅院流芳

立中學。鄧先生不敢怠慢，用心準備考試，幸好他老師所教的內容與考試題目接近，他成績及格，順利入讀元中。

上了元朗中學，學費由六元加至十二元。鄧先生因小學評語甚佳，獲家境清貧免費學額。雖云免費讀書，但一星期有兩日，要到學校圖書館做管理員，班主任有事也派他來做。鄧先生回想這段歲月，別有體會的說：「其實人與人之間相處，都是互相學習，接觸的人多了，機會也就多了。」

中學畢業後，當時只有一間香港大學，入讀不易。鄧先生有位畢業試第一名的同學，考進港大，也要等上三年，好像看專科醫生要排期一樣。中學老師勸鄧跟家長說說，找僑委會幫助，赴台灣升讀大學，數年便可回來。雖則香港不承認台灣學歷，但只要日後儲了些錢，再跑到英國「浸」一年，多取個學位，也是享有同等學術資格。

鄧先生因家貧無力供書，只好打消上大學的念頭，到陶瓷廠工作。那所陶瓷廠表面是香港品牌，但原料及技巧都依靠大陸。情形有如五六、五七年，本地農業式微，有些賣蓮藕的說品種為新界原產，其實是混雜了大陸貨源一樣。鄧在陶瓷廠工作用心，做了三個月，很快獲得老闆賞識，準備升職加薪，不過這份工作終非他志趣所在，就決定辭職去教書了。

香港早年教師不多，教師資格不一定要求大學畢業，中學畢業生只要成績優異，亦可權執教鞭，待取得教育文憑後，成為合資格的教師。鄧先生最先在九龍任教，因未有教育文憑，算是越級，人工少些。後來回到元朗中學，抽課餘時間，在葛量洪教育學院補修兩年文憑。當年教學內容，小學有中英數、常識、美勞、書法、體育、音樂；中學則添入物理、化學、生物。

鄧先生說：「人總要明白世界艱難是理所當然，只看你會否遇上考驗，不要一出世便貪求享受。以前有個從海南來的學生終日抱怨，問人家為何有車有樓，自己卻身無長物。校工聽了，走來告訴我。我教誨那學生道，你以前在海南是怎樣過的？現在來了香港，生活三餐無憂，如何仍不滿意，還想要追上誰人呢？沒有人一出世便享福，總靠逐步努力得來。我小時曾經見過，有些人承繼祖業，不愁衣食，最後卻把家產揮霍掉，窮途末路。在香港只要有張身份證，便可以打工，不怕餓死，其他的，就盡自己所能，不要強求，最緊要做好自己本分，選擇朋友要小心謹慎。舊時圍村，有位做生意的長輩跟我說過一番話：『人啊，其實都是互相搵笨，睇下你搵我先，定係我搵你先。』初時聽着刺耳，後來出來做事，經歷多了，我才發覺是至理名言，是長輩實實在在的真心話。」

時光荏苒，鄧先生現在也成了村中尊長，很多禮儀習俗後輩都要向他請教。祠堂的春秋二祭，一直延續至今，從來沒有停辦過。即使日本人來時，村民生活艱困，也在祠堂前方草地，兩個旗臺上，豎了一支旗，聊表禮意。那兩個旗臺形狀四方、約四呎高，是舊時科舉中式，用來豎立旌旗的。至於太平清醮，十年一次，舊時村裏沒甚餘錢，儀式唯有簡樸，只有附近的人才看到，不如現在辦得風光鋪張，報章電台

也來採訪。

訪問期間，在鄧老先生一旁恭候的子侄新圍鄧佑明先生說，圍村過年，年初二老人家先在祠堂團拜。正月十二開燈，村中如新添男丁，當日可以到祠堂登錄男丁姓名，供奉燈盞，待正月十五完燈，請燈盞回家，在祖先神壇前，接着供奉，以示燈火相傳。其後當年添丁的村民（丁頭）每日打鑼知會村民。不過，開燈的日子，各處圍村稍有差異。有些圍村舊丁頭將往年湊合的公家錢，轉贈新丁頭，以作道賀。新丁頭也會在圍村報告板貼出通告，宴請全村在祠堂食丁肉。

然而鄧佑明先生說，現在圍村男丁的出生率愈來愈低，即如他的新圍，近五年來，男丁出生只有單位數字。鄧永成先生說：「現在香港新市鎮人口稠密，高樓大廈集中一處，人的活動空間少了，其實不太好。以前讀書，孟子曰：『河內凶，則移其民於河東，移其粟於河內；河東凶亦然。』應該平衡城市發展，居民分佈適中，彼此都有工作機會，生活壓力也會減少。」鄉居父老，猶有天下之心。

同時，圍村也有部分傳統風俗行將失傳，例如正月十九日的「扒天機」，圍頭村讀法肖似粵音：「扒聽忌」。古時以正月十九為天機日，乃不吉之日。圍村會請來道長在社稷之壇喃嘸誦經、拜祭稟神。然後，村民抬着一隻竹篾織成的小船，謂之「天機船」，逐家逐戶，收集污穢物事，送去火化，以示掃除不祥。鄧先生補充：「當日村民會把桃樹枝葉及新鮮蒜頭掛在大門，並在屋外設壇上香，等待『天機船』到來，將一些不祥之物，投入船內送走。」

據考，所謂的污穢物事，並非真的污穢，無非是一些象徵物，如炭粒代表火神、黃豆代表天花、雜草代表疾病之類，用這些象徵物將火災、疫症和病患送走。雖說人心醇和，鄉情仍在，但「扒天機」的風俗在圍村已湮沒十年有多。故人舊事，何堪追憶，只好輕說一聲，敝鄉珍重。

初稿撰寫人：張樂天

受訪者：鄧永成先生

訪問日期：二〇一五年八月十六日

Thailand

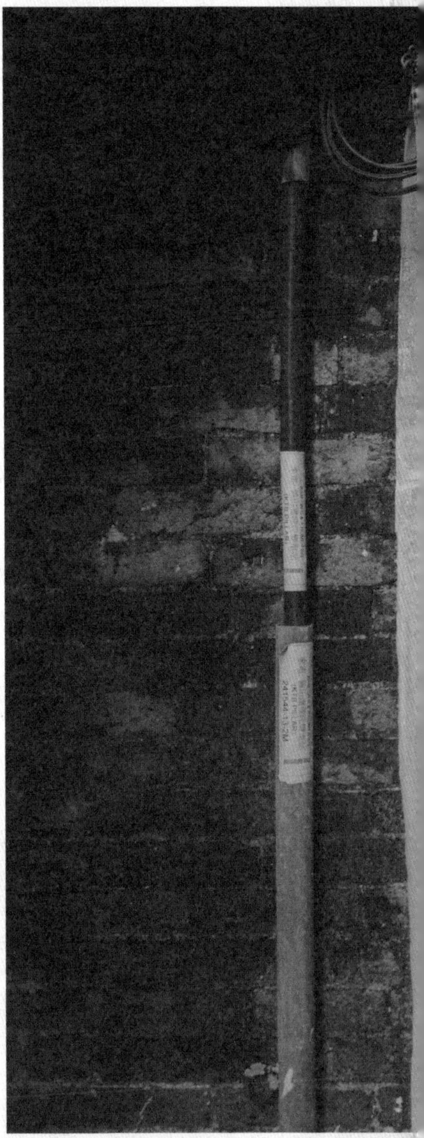

冼文駪先生

元小的元老

「嶺外音書斷，經冬復歷春。近鄉情更怯，不敢問來人。」此唐人宋之問之詩。今日熱風吹拂，本風土志之主筆陳雲，就與校友前輩冼先生共聚，戰戰兢兢相識，於鄉郊野店，談凹頭官學，故園舊事。

公費教育是現代國家培養國民的方法，教育涉及成長機會之均等，也涉及思想灌輸及行為管制。文明國家，首重教育，傾注公帑於公學，將公費學校辦得有聲有色，以便與私人辦學、貴族學校爭一日之長短。暴虐政權，更要壟斷教育，禁止私人辦學，以便齊一思想。華夏文教興盛，元朗進士與翰林輩出，於此地興辦西式教育，當中難免有不少半推半就、曲折離奇之處。香港官立學校歷史之難說，就如香港開埠故事一樣，難在說得無忌而平正。無忌於面對現代海外殖民霸佔之野蠻兇惡，平正於描述現代文明於華夏社會之安然着落。炮艦與商船開入華南的舊世界，華夏被迫進入現代化，讀不讀洋人的書，去不去洋人學堂，從來不是個鄉民採納與否的政治選項，而是無可迴避的時代潮流。有了這種平正無忌的心態，香港現代化的故事，才可以好好接着說下去。

首先是「官立」這個詞，它避開了民國的用語「國立」，也區別了民辦的公立，官立用的是王朝中國的官字，即是官學。冼文駮小時在元朗住過，於新界鄉議局元朗區中學畢業，班上便有不少同學來自元朗官立小學。多年後，他以老師的身份獲派往元朗官立小學，任教文史科目。他一直想講清楚的，正是「元小」的歷史。

「很多人以為元小的歷史是在戰後開始，不過我們找回港英政府在戰前的香港視學報告，發現元小原來起源甚早，一九〇四年已在元朗凹頭成立。」原來不必等到民國，在大清光緒年間，元朗已有洋人學堂。

凹頭讀音「坳頭」，有時為了避免外人讀成「粒頭」，文字也是寫為坳頭，然而凹頭是正式的官方地名。那是土俗的命名，優雅的命名該是「谷口」，甚至「鳥鳴坳」之類。凹頭之名，一聽便知地處偏僻、人跡罕至，而雅音希聲。冼文騌奇怪，為甚麼錦田與元朗市之間有那麼大的一片土地，元朗小學卻選在「山旮旯」的地方興建，要學童日日上落大斜路？

這牽連一段新界抗英歷史。

一八九八年，英國為守衛港島維多利亞城，突破清廷在九龍寨城的管轄主權，於是運用外交手段，力爭新界為緩衝地帶。遂於同年六月，脅迫清朝簽訂《展拓香港界址專條》，租借新界，為期九十九年。此前，時任香港輔政司駱克（James Stewart Lockhart）早已派遣部隊秘密越過九龍界限街，潛赴新界，勘查人口地貌，並製成報告書，以作參考。

警署與小學

英國接收新界大片土地，首先是劃分地界。駱克通曉漢文，一八九九年三月，獲任為英方定界委員。談判會議上，駱克提出以自然山河為界，劃分邊境，及四月即下令接收新界。當年，新界的土地權利，沿用清制，分為地骨與地皮，地骨屬於地主的固有地權，地皮則為地面建築物的發展業權。駱克的諭令，暗藏詭詐，不但要新界土地「皮骨盡收」，更有擴及深圳東門至龍崗一帶之意。有傳，新界居民對於租借消息，從不知情，忽見英人來勢洶洶，强行登記土地，乃奮起守土護家，殊

書
茗

死抵抗。畢竟新界之地，自從宋代有華人南下定居之後，歷經元、明、清三朝，都是北方帝王換位，南方土地依然。「日出而作，日入而息；鑿井而飲，耕田而食。帝力於我何有哉！」元朗鎮內就有擊壤路，紀念帝堯之時的《擊壤歌》。

新界村民與英軍惡鬥相持六日，元朗上村、錦田吉慶圍兩處，血戰尤烈。期間，大陸鄉鄰激於唇亡齒寒，紛紛南下助戰，協力抗英，唯敵我眾寡分明，武器利鈍懸殊，新界村民終於戰敗收場。最終，英軍在大埔舉行升旗儀式，代表正式接管新界。界限街以北至深圳河一帶，自此盡入英人之手，史稱「六日戰爭」。

新界村民，計前後殉土死義者共六百人，一千餘人受傷。此役於新界村民而言，可謂慘辱至極。戰中，錦田鄧氏村民敗退永隆圍與吉慶圍，遭受英軍炸牆圍剿；事後英軍更將泰康圍、吉慶圍鐵門拆除，視為戰利品，運送英國，直至一九二四年方由錦田鄉紳鄧伯裘出面向港英政府追討，結果只尋回兩圍各半邊鐵門。更有甚者，不少貧下村民野

戰而亡，枕屍荒叢，久暴風日，卻遲遲未獲當局准予安葬，延至二十多年後，港英政府礙於歐洲時局變化、中國南北內戰不測，政策轉趨懷柔，方許新界後人收骨，一體埋於逢吉鄉義塚公祭。今日元朗一帶廟宇，都附有英烈祠，予鄉民就近拜祭陣亡之先民。

英國大不列顛王朝在一七七七年丟失美洲殖民地後，一八四一年始因清廷割讓香港而重新取得首個海外屬土。港英殖民政府身膺疆寄，「日不落帝國」聲威所繫，經略香港，拓殖新界，自是不容有失。故此，駱克事後報告英國倫敦，形容事件起於警方懷疑有不法份子混入新界，前赴偵緝之際，驟生「騷亂」，言下輕描淡寫，又指新界民風強悍，不服英國統治，必須派駐軍警，監守嚴防，更請置學校，以期教化土人，歸順大英帝國。

一九〇〇年，港英政府在抗戰最為猛烈的元朗、大埔及屏山三處山頭，各建警署，互成犄角之勢，有事即互相增援，並在山腳平地或高崗之處，分設學校，就是位於元朗凹頭的元朗小學、大埔升旗處

的大埔小學，以及早期借用愈喬二公祠開辦的屏山小學。

凹頭位於錦田八鄉與元朗墟十八鄉交匯之處，西南一路，近傍屏山、屯門，遠眺后海灣、新界腹地與深圳邊境，動靜隨見，屬於軍事要塞，高崗之地也可避開夏季元朗市鎮一帶之水患。而港英政府設置元朗小學於此，後來興建華人公務員宿舍及博愛醫院，與之毗鄰，也有修飾港英警力威赫，緩和鄉民敵意的作用。英國在屏山及大埔山頭設立警署俯視鄉村之後，在凹頭設立官立小學，甚有偃武修文、治之百年之心。這也類似滿洲統治漢土之時，見閩粵兩地不服，廣東有不少明朝遺民隱居（如屈大均），便加派巡撫及學官在兩地設立官學，勸勉兩地學子，並設立恩科與配額，令南蠻之地的進士增加。

據視學報告記載，一九〇四年元朗小學開辦初期，只有一位華人老師任教，傳授西式課程，初年純用英語教學，次年才補入中文，於素有文化隔閡的鄉民而言，毫不受落，致令早年收生寥寥可數。惟至一九〇五年，清朝慈禧太后廢除科舉，推行新學，傳統私塾漸次沒落，元朗小學始見生源稍寬，但仍不過是十數學童，勉力維持。

冼文騄說，當年港英鋪設的升學進程，促進社會階級流動上升，饒有文化調和之功。舉凡官立小學，如元朗小學畢業生，均可入讀鄰近官立中學，乃至皇仁書院。他說：「戰前的 Queen's（指皇仁書院）地位與現在不同，相等於一間初級大學，乃是專門培訓殖民地官員的場所。」

1 在元朗官立小學舊校合照。

2 元朗官立小學舊校。

1

2

故此，一九一四年第一次世界大戰期間，港英政府須抽調本地外籍警員服役從軍，遂在元朗暫設「特別義務警察」之職，破格起用元朗小學舊生充任，維持區內治安，後來更在視學報告點名表揚，以顯政治信任。

最早的跨境學童

元朗小學隨後發展，一度因收生不足，遷校屏山，以期靠近人口繁盛之地。所謂移船就磡，惟當地村中長老前讎未忘，英夷學校擺在眼前，自然群情洶湧，嚴加斥逐，元小終又倉卒搬回山野原地。

一九二五年，大陸發生省港大罷工，國民政府、共產黨派系暗地組織支援工人運動，乘勢收復位於九江、漢口的英租界。消息傳來，震驚港府，唯恐風潮蔓延，激發新界民變，於是管治政策為之一改，概有以下三端：

一、將名字甚有社會主義意味的「新界農工商業研究總會」，更名改組為鄉議局，賦予一定民事權力，納入港英政府的諮詢制度；

二、順應新界居民多年訴求，議定丁屋問題解決方案；

三、准許新界後人為「六日戰爭」死難鄉民斂骨安葬逢吉鄉義塚，以息民憤。

冼文騌說：「這段時間的視學報告，有個有趣的發現，就是元朗小學當時全校上下約有六十多個學生，但在大罷工期間，卻少了十幾個。我想是因為他們在大陸來不了，當時有很多學生在深圳那邊乘船來上學，是最早的跨境學童。」說完，便從褲袋掏出智能電話手機，「給你看看照片，這些東西我隨身帶備。」他一邊調大屏幕的黑白舊照，一邊指認地方街名：「看到沒有，這裏有條內河，一條條排着的，很清楚看到是船吧？這地方叫水門頭，從前可以泊船的，今天變了明渠，遺址就在水門頭公園。」舊日元朗與大陸之交通，竟然可用船來往，可謂匪夷所思。

他笑說，這幀照片是在一九九六年元朗區議會的相片集得來，不過當時菲林底片被右左顛倒了，教人看得一頭霧水。

「有風扇，好緊要」

港英政府在上世紀二十年代中的省港大罷工之後，為使華人留在香港，不再心繫故國，於是懷柔華人，也經略新界，並重建元朗小學，增設六間課室，裝有電風扇，實行全日學制，並邀請曾任「定例局」[1]（立法局前身）非官守議員曹善允主持開幕禮。冼文淙謂，殖民政府接管新界後，其實一直不予理睬，也不輔助建設，由得它自主自治，也可以說是自生自滅。直至今日，鄉村有些地方仍未劃入郵遞區，收信仍要到村公所的公共信箱。故此，當時官立小學有風扇，已經好緊要，好大件事，又找來曹善允這個上流社會中數一數二的華人紳士長途跋涉，來到此山村之地，在只有六間課室的學校剪綵，可說盛極一時。元小的官方地位，不言而喻。

一九四一年十二月二十五日，日本攻佔香港，港督楊慕琦無條件投降，全境淪陷，經歷三年零八個月。一九四五年香港重光，官校正式復課，至一九六六年，元朗官立小學再度擴建為六層高的校舍，分上下午班，生員眾多，並且獲得配額可升讀鄉議局元朗區中學，乃官立之中英文中學，形成新界兒童上進之路。元小學額難求，要經嚴格甄選才可進入。當年遭受村民鄙夷、潛入高崗的洋學童，今日學子絡繹不絕，學位難求，世事白雲蒼狗，昔日學堂之下的水浸田地，也已蓋起高樓，連接西鐵，善價而沽。滄海桑田，真不可同日而語焉。

初稿撰寫人：張樂天
受訪者：冼文駫先生
訪問日期：二〇一五年八月十六日

1 香港立法機關 Legislative Council 早於一八四三年成立，初期沒有中文名稱。及至一八七五年一月二日，政府刊印《憲報》，將之定名為「定例局」。此名稱盡顯華夏文化。例是法例的意思，這是普通法遵從俗例的作風，也符合華夏的律例之意，如大清律例。漢文的法，是禮法、宗法的法，香港說 law，漢文稱為律，香港的 ordinance 是例，複詞是律例、法例、條例。

元朗官立小學簡史

一八九八　清光緒二十四年，英國以條約方式租借九龍及新界，出現「新界」（New Territories）名號。

一八九九　清光緒二十五年，英國人武裝接管新界。抗英鬥爭，史稱「新界六日戰」。屏山警署落成於屏山嶺上。

一九〇〇　元朗警署落成於凹頭並派有英軍駐守。

一九〇四　元朗官立小學成立。

一九〇五　清光緒三十一年，慈禧太后廢除科舉，以王朝科舉為本的鄉村書室開始沒落。

一九一四　第一次世界大戰。

一九二五　省港大罷工。

一九四一　日軍攻佔，香港淪陷。

一九四五　香港重光，官立學校復課。

一九六六　元朗官立小學擴建。

英大綱校監

作育英才，誨人不倦

元朗是令人難捨難離的地方，而且處處令人驚喜。即使在輕鐵、西鐵貫通，到處是新樓盤的今日，在元朗漫步，都會看到好多舊日的痕跡。今日我們訪尋的真光小學，校園就如昔日的元朗一樣，樸素而安靜。元朗真光小學的英大綱校監退休後，一有機會，便喜歡開車四處去，更不時接載親朋、教友，甚至來訪的後輩到元朗。他說：「我在元朗出生、上學、工作，七十多年的日子，幾乎都在此區度過，不需經常外出，汽車買來，以前總是泊在一邊，不怎麼用。現在退休了，可以的話，便隨便找個機會開開車、兜兜風，你們下次來元朗，想去哪裏，告訴我，我載你們去。」他露齒而笑，橢圓的金邊眼鏡襯得眼睛細小而長，是香港老一輩的讀書人，誠樸、豪爽而溫煦。

元朗現時變得四通八達，元朗真光小學就在西鐵朗屏站旁邊，往外走去，隔一條街，可見到戰後興建的一排排唐樓，僅兩三層高，與小學齊頭相對。只是學校鄰近之處，無端多了個地盤，圍板豎立，封不住趕工興建的打樁聲。

英校監說，他四十年代出世，家在現時西鐵朗屏站附近，當時只有一條馬路，田壟夾道，周邊是鄉村。而元朗市中心不過是個墟鎮，屋也不多。他祖籍北方，日本侵華時，家人逃難至廣州江門，再輾轉南下元朗避禍，日軍攻港前，英校監剛出世，一家捱足三年零八個月。他的嬰兒期，正是香港的悲慘歲月。

「當年日治時代，平民如在街上遇見日本仔，必須鞠躬行禮，要是忘了脫帽，日本仔便會拿槍柄砸頭，罵你不尊敬。我爸爸曾經見過，就在元朗大馬路處，有些人飢寒交迫，走去偷，被日本仔捉到，要他當街跪下，掄起長刀一劈，頭顱滾落，頸上鮮血直噴半空。日本人當時捉到人，往往即時問斬，免得拉你坐牢，耗費物資養你。更有些人，也不知做了甚麼，被日本仔用鐵絲穿過琵琶骨，一個接一個，稍為動一動都痛死，無法逃走。日本人就是如此對待我們，到了今日，實在應該道歉。」

英校監父親當年在大馬路開辦腐竹廠，名為「富隆正記」。其時著名的同行，還有「李祥和」與「勝利正」。香港和平之後，「富隆正記」生意愈做愈好，在港島皇后大道西增設門市，後來更開拓海外市場，行銷美國。李祥和在元朗起家，原先製造腐竹，後來兼營糯米粉和粘米粉，舊時元朗的米出名好食，油粘米有一隻名為老鼠牙，糯米叫鼠牙糯，當年李祥和就是用這些米來做糯米粉，比泰國的糯米粉和粘米粉更受食家喜愛。

早期的「富隆正記」，與許多本土行業一樣，都是家庭式經營。英校監家人當年每朝回廠，用黃豆拌水，手磨成漿，倒入一隻大鐵鑊，加熱煮沸後，熄火冷卻，待豆漿表面凝結成一層薄皮，再以筷子撩起上架風乾。這層工序，行內叫做「扯腐竹」。第一批成品，完整成塊者，稱為扁竹，品質最上等，售價亦較高。隨後，同一煲豆漿，如法煮製，逐片出產，依次製成支竹、甜竹，不過品質稍次，價錢相宜，直至豆漿蒸發用盡，只剩豆渣為止。英校監說：「豆渣，我們叫豆腐頭。日本仔時代，米糧缺乏，我們便食豆渣充飢，取鹽來炒，雖則『諧口』[1]，但總算有些營養。和平之後，物質豐富，再無人會食豆渣，便用來餵豬。」

元朗早期交通不便，往來市區，只靠一條青山道。五、六十年代，駐港英軍開闢林錦公路，運送軍用物資，不過當時路面狹窄，僅容一輛軍車通過，後來逐漸加闊，使兩架私家車得以並排行駛，居民坐車出入方便了一些。其後，英軍又修了荃錦公路，英校監說：「整條山路本身彎彎曲曲，修整不易，這是英軍在新界的貢獻，也打開了元朗的對外交通。」

一九四八年，英校監七歲，入小學讀書，一個星期上五日課，一開始便讀《古文觀止》、寫習字、學珠算，但沒有英文課，要到三年級才有得學英文。在英校監的童年記憶中，那位教古文的老師，一襲長

1 粵語，粗糙之意。

衫，走動衣袂翩然，好像回到「卜卜齋」時代般；而自己生平的第一套校服，也是有趣，根本就是童軍制服，一身黃衫黃褲，還戴頂闊邊氈帽。小學生每朝在校園集會舉行升旗禮，掛上青天白日滿地紅旗，合唱中華民國國歌。

小學畢業後，英校監升讀元朗公立中學（元中）。該校舊址位於今日博愛醫院所在地，一九四六年落成。從馬路進去元中，要經過一條小路，兩旁樹木蘢蔥，恍若園林，後來遷往凹頭，與元朗官立小學，相隔一個足球場。元朗公立中學最初是由元朗的鄉紳集資興建，集得約十萬元資金，前教育司署有見鄉紳熱心，亦注資約十萬，鄉紳則見政府資助，乃將管理權交付政府，政府亦感謝鄉紳回饋社會，故將學校定名「元朗公立中學」而非「元朗官立中學」，成為唯一一所名為「公立」的「官立中學」，校歌歌詞亦云：「主理憑政府，公立表初衷」。

學校由民間捐建，政府津助，校舍屬殖民地傳統建築風格，金字瓦頂，室內透風，不必開冷氣也涼爽，英校監就是在此度過中學歲月。

陳寶善堂
合一堂

英校監說，當年的中學同學都是元朗區子弟，約三十五人一班，男生居多。初中一至三年級，分作甲乙兩班，每級合共七十人。不過到了高中，每級卻只開一班，一班四十五人，換言之，即每年篩出約二十五名學生，他們大多轉讀洪水橋的私校柏雨中學。他續道，當年升班試極其嚴格，五十分及格，差一分得四十九都要留班，有的同學因不想留班，免得多交一年學費，唯有又轉往柏雨，繼續升學。因此也可說，在學生來源上，柏雨好比是元中分出來的一支了。

初中時，有位中文老師，名叫溫中行，是香港著名的漢學家。從前在校園見他，總是大搖大擺的走路，那是因為他也是身穿長衫，想要快也快不來。溫老師教初中寫作，有他一套方法，就是要求學生每篇作文必須用上二十個四字成語，還要文理貼切，迫得一班初中生用心查書、了解字義，中文水平不期然提升起來。溫老師還常常獲邀到香港電台開咪講學，故此平日上堂，若遇到學生頑皮犯規，便罰他們幫手抄錄講義，班上幾乎每個學生都罰抄過。

轉上高中，一班四十五人，只得八個女生。不過英校監等成群男生，稚氣未脫，一於愛理不理，每逢小息放學，就衝到學校鄰近的沙地球場踢足球，一日打三場，樂於做「波牛」。那塊沙地球場，間中也會借出舉辦農展會。農展會不但展示本地農作物，還有豬、牛等家畜，惟只供觀賞，不作銷售。舉辦展覽期間，學校配合停課，做學生的「無波踢」，只有與遠道而來的訪客一道考察平日舉目可見的農作物。

一九六二年，英校監高中畢業，入讀葛量洪師範學院（簡稱「葛師」），立志從事教育。葛師當時設校於加士居道，英校監因路途遙遠、交通不便，於是首次搬出元朗，寄住在美孚的哥哥家裏。英校監的哥哥也是當教師的，在荔園附近的九華徑新村，向一位葡萄牙人租了一間屋住下來。兩兄弟平日晚飯後，喜歡上山散步，一邊聊天，從高處俯瞰四周景色，望得見下面平地的一座座油庫。不過時至今時，油庫早已改建為美孚新邨，而山頂也矗立了一所瑪嘉烈醫院。

英校監就讀師範一年制，課程規定必須從英文、音樂、體育、木工四門主科之中，選修其一，並副修中文、數學、社會、健教等普通科。英校監笑稱，當初入師範，聽人家說修讀木工最好，因為只有政府學校才開設木工科，又不用改卷，便抱着不妨一試的心態，參加分組考試，結果一入考場，木工科的考官要求考生將一塊四方木，每面刨成兩吋厚薄相等，方為及格。英校監始知原來闖關不易，刨木的力度尤難控制，最後只好改讀自己最擅長的體育科。

體育科的分組考試，在學校體育室舉行，考核學生爬繩、攀木、帶波（拍籃球走動或繞過障礙物）等項目，英校監手到拿來，輕易入選。體育組內男女學員各廿五人，即是一年之後，將有五十位體育老師出來執教。不過，當時政府規定總體男女教師比例為一比二，而男教師入職月薪為六百五十元，女教師卻只得五百四十元。政府的理由是，女教師他日結婚懷孕，需要告假十多個星期待產，學校要另備一筆支出，聘請代課老師，故此調低女教師薪酬，以作抵償。然而，後來有教師不滿如此安排，認為分娩是女性的天職，合情合理，不應有所分別，遂發起爭取男女教師同工同酬運動。

英校監師範畢業後，最初在村學教了七年，後來回到自己教會附屬的真光小學，一教便三十一年，其後更管理校政。回首多年的校務生涯，令他最難忘是九十年代教育署在小學試驗推行的「學習目標及目標為本評估」（TTRA）。當時無論署方或學校，對此極有爭議，甚至連教育署體育組總督學等官員，亦是怨聲載道，個個喊提早退休，更戲稱「TTRA」為「total teacher run away」。

近十多年來，大陸新移民日漸湧港，政府強制推行融合教育，令新移民子女得以在本地入學，然而也造成不少問題。英校監說，有些新移民學童極不受教，本應聚集一班，加以輔導，可惜政府既不增加資源，又強制融合，要求小學每班加插一個問題學生，像白粥添上一粒蟑螂屎，上課時影響其他學生。他憶述：「新移民學童普遍超齡，心態與性格均有別於同班的香港同學。我退休後，曾在天水圍一所小學代課，那處班上情況，簡直可以用『辣椒教室』來形容，六年級的新移民學生，高頭大馬的，好像高中畢業一樣，又大講粗口，又不守秩序，遇到問題，只曉得以暴易暴。」

春風化雨，有教無類，但也要因材施教，要教好一班程度和品性參差的學生，從來不易。往昔歲月靜安，學生聽教聽話，家長必恭必敬，教育署的督學也是通情達理；如今不論官府或民間，事事貪多務得，急於求成，老教師要重執教鞭，反而不易為了。正如矮矮的校園與唐樓，在西鐵站上的高樓大廈包圍之下，也不知能守多久。

初稿撰寫人：張樂天
受訪者：英大綱先生
訪問日期：二〇一五年九月二十九日

撫今追昔，感謝神恩

陳宇光牧師

當年的汽車並不是那麼討厭的。當時元朗到處農田，盡是青蔥橘紅，人在其中低頭看禾，抬頭看天，不知今夕何夕。馬路偶然傳來車聲，鄉民便轉頭去望，只見一輛小巴徐徐駛過青山公路，抬頭望去，不知小巴車上載的是歸人，還是來客。能坐車去遠一點的地方，總是好的吧。這是上世紀六、七十年代的元朗田心村，聽名字就知道是耕田種地的樸實之地。此際的陳宇光還是個少年，田地勞累過後，以數算公路上稀疏的車輛為樂。那時遠在元朗，還可聽到遠處傳來英兵在流浮山的下白泥「操炮」之聲，可見四周的靜。

陳宇光牧師一家為元朗原居民，自稱農家子弟。他憶述當時元朗的田地以種植稻米、菜蔬為主，印象中父親便曾誇讚元朗的絲苗米很好吃。小時候，他愛與八兄弟姐妹到田裏捉青蛙、蚱蜢，「蚱蜢捉得三、四隻，能換作一毫子呢！」那時城市中的富家子弟均以「撚雀」為樂，用名貴鳥籠養鳥唱歌，故有專人前來村中收購蚱蜢作鳥飼。父親曾說：「你想窮，就玩雀籠。」甚為不齒這種當時被視為驕奢的玩意，力主踏實耕田，努力生活。陳與其他孩子自當聽從訓誨。

踏實謀生

陳氏一家少有自己的田地，農田都是向高門鄧氏租借來的，定期以穀抵租。陳宇光年紀小小已經到田中幫忙，拔除野草；到了唸小學四、五年級更開始握着鐮刀割下一小把接一小把的禾。「暑假過後，便要預備秋收。秋收後種番茄，冬天前便有收成。」緊密的工作季度下，也沒有太多抱怨，一切都是順天安命。

當年的天氣仍未進入暖化期，舊時的新界要比現在的冷得多，寒天之下一雙小手，收割着落霜的菜心，皮膚總是乾燥得皮破血流，陳宇光卻不以為然。「舊時候哪有潤膚這回事，連潤膚膏是甚麼也不知道。唯一的記憶是『龐氏冷霜』，母親曾買給姐姐，我們一眾小孩偷偷玩過。」

苦苦得來的收成，每天早上八時正便有政府的合作社前來收購，倘若錯過了，便要自行乘搭小巴把農作物送到元朗市中心。「那時的小巴牌子是『福士』（Volkswagen），『V』算是最初學會的英文字母吧！農作物多時會乘小巴，如果量少，便只好踏自行車了。」他感慨，那時的人家門前多會停着一輛自行車，卻從沒聽聞有失竊事件，換了現在，可能很快便被偷了。

除了耕作外，那時的人養雞只會自食，不會作為謀生買賣，「因為雞糞太多會傷害土地，鹼化，不利種植。至於豬，則會養在『男仔屋』下。」原來當時女孩子到了一定歲數，多會與鄰家的女生住在一起，與男子分開居住，稱為「女仔屋」。女孩子平日一般不用參與勞力工作，主要負責在家照顧弟妹、煮食及送飯菜到田中給爸媽。當時元朗「雞地」（舊墟一帶）鄰近后海灣南岸，陳宇光的母親可謂「半農半漁」，一邊在田中幫忙，另一邊賣魚為生。

立足生活

就這樣日出而作，日入而息，入夜後一家人只靠一個四十至六十瓦

特的燈泡照明。「家裏只有兩盞燈，一是神檯拜神燈，二是大廳照明燈。如果亮了燈忘了熄便到外面玩，會被爸痛罵，說浪費電力。」那時候一家人湊合着用電，一個月電費才數元而已。

自來水方面，要到陳宇光小學四年級，整條村才有了一條公用水喉。他憶起和姐姐一起用木頭車運水回家的經歷，初時用的是「生鐵桶」，小孩子提着往往因不夠力而摔跌，日子久了，桶現裂痕而滲漏，到家時水已沒了三分之一。後來「紅A牌」塑膠桶興起，耐磨好用，他直呼是當時一大「恩物」。

至於日常燒飯的柴草，當地村民多會到附近的木園、木廠收購那些在鋸木和分板過程中剩下的邊角碎料作燃料，木邊、木糠（鋸末）、刨花都可以燒。陳宇光見了木園的大木，好奇一問廠主，何來如此大樹，原來源自泰國、越南、馬來西亞等國家，那時小小的他還是首次聽見這些國家的名字呢！想要柴草其實還有一個方法——到元朗的棺材舖的後巷，可以免費撿走那些柳州木板的香噴噴的廢屑，當然這需要一定的膽量了。

在物資缺乏、金錢少見的年代，甚麼也是資產，甚麼也能「兌」，以物易物，滿足慾望。拖鞋、水桶爛了有人收買；鴨毛可以兌火柴（紅雙喜牌火柴）；小孩在后海灣可以撿拾空彈殼，每十顆可以去收買佬那處換到兩毫買一瓶可口可樂汽水。那年輪到哪家負責打理祠堂、上香拜神，公共廁所的糞便就歸哪家作肥料，交易便捷，童叟無欺。

談及祠堂，政府每年都會派人入村查問出生人口，登記資料。陳宇光憶述那些職員多仗官威，記錄名字時經常因諧音而出錯，卻也由他們說了算，譬如他的「光」便與「廣」混同了。現在想來，仍覺可笑。至於每年但凡喜慶節日或清明、重陽節，親朋鄰里多會聚首一起吃盆菜，喜慶節日的盆菜會較豐盛，清明、重陽的盆菜則稱為「食山頭」，材料較簡單，例如豬皮、腐竹和鹹菜等，盆菜的用料正是反映當年收成的最佳寒暑表。

包容互通

為求生計，縱與村外人偶因墟市擺賣而起衝突，田心村村內的鄰舍關係卻是相當融洽。村內男子都有習武防賊（多為外來人）的傳統，請來武館師傅教授棍棒刀劍。練武地點為村中地堂，該處地方空曠，平日多用作曬穀，亦是集會和諸多慶典如天后誕的地方，一般待秋收後，男子在冬天便能騰出時間習武強身。

「當時尊師觀念極重，村民都很敬重師表，譬如會用雞煮夜粥慰勞教拳師傅，又如小學老師來籌款時會由村長親自接待。」陳宇光的父親年青時曾在「卜卜齋」唸過書，一眾學生更會輪流當值煮菜做飯給老師吃。

然而，村內團結溫馨的氣氛同時也滲雜着不同意識的碰撞。陳宇光小時候曾與同伴玩得興起，諧仿着腔調唱起「紅歌」來，例如《東方紅》，惹來不喜共產黨的父親一頓責罵。村中的外來人亦有不少是反共的，部分則因國民政府倒台而南下。每年雙十節，山上都會有人鋪開一大張青天白日旗，而英國政府怕開罪執政的中共政權，往往出動直升機把旗布清走。

在信仰方面，基督教雖與中國傳統的祭祖及泛神信仰相悖，但村民普遍仍能保持適度的尊重。村內建有一教堂，呈三尖角頂，由紅瓦片蓋成。教會曾於五十至六十年代間向當地貧苦村民派發玻璃水杯、麵條和糖等生活必需品，又興辦幼稚園和小學，故亦獲得村民好感。

接通世界

陳牧師對英軍的印象並不壞，他們甚至會到村內與小孩玩耍，相當友善，兇惡的通常是「啹喀兵」，即是來自尼泊爾的僱傭兵。事實上，小小的他對外國人以至外國世界充滿好奇，而他接觸外界的途徑便是在村口士多的那台電視機。他對越南戰爭的第一感覺除了米價騰貴，便是軍費驚人。「還記得那時新聞報導，美國每日開支的軍費，足以建造兩個啟德機場！」當然，他又會追看迪士尼卡通片如《藍寶石王子》和《小鳥必必》。最惹笑的是，當他看到美國太空人直播登陸月球片段時，竟然以為也是卡通片而已！

創辦人呂陶英女士

1948

當時，「阿華田公司」（Wander AG）間中也會入村推廣宣傳，派發試飲飲品及播放電影，他便和一眾小孩拿着阿華田觀看一部又一部的電影，隨之認識了柯德莉夏萍、穿梭機、明日世界……與此同時，美國新聞處贊助的雜誌《今日世界》亦將陳宇光的眼界帶到更遠的地方。

社會變遷

上世紀七十年代，香港經濟起飛，許多年輕人不甘隱伏農田，要搭車出九龍找工作。與此同時，瑞昌、瑞倫這些勞工手套廠的出現，亦徹底改變了田心村以至元朗社區的生活面貌。

「當時有句話：『家裏放下鋤頭變工廠。』」農田無事，陳宇光便在家中幫忙做勞工手套，「當時縫製一打手套，大約可獲取毫半至兩毫工錢；唸二、三年級的小孩子則負責以竹籤把手套翻回正面，可得五仙。」由於薪水都以現金支付，不用像以往耕作般「望天打卦」，收入變得可靠，家庭式手工業愈發興起。後來，元朗甚至發展出工廠大廈，生產原子粒收音機，女的負責調音，男的負責焊接變壓器，後又有噴漆廠、膠花廠，真的是百業興旺，應接不暇。

元朗自此不斷改變，陳宇光默默回想舊時點滴，如今在鎮內已很難找到舊地舊物作一對照。他依稀記得現時開心廣場的前身實為同樂戲院，它清拆前最後播映的電影是《搭錯車》。當時，電影裏的配曲《酒干倘賣無》可謂風靡一時的恩情頌歌。如果世上真有一樣東西不變，大概就是那年父母親於某天早上，把慶祝滿月的紅雞蛋放入孩子書包的微笑，家裏多了個弟弟或妹妹，自己變了小大人，要努力上進了。

初稿撰寫人：姚文龍
受訪者：陳宇光牧師
訪問日期：二〇一五年一月三十日

趙傑子先生

留住飛逝時光

「時間就是金錢」，上世紀七十年代的口頭禪，大家還記得嗎？舊中環天星碼頭有鐘樓，舊尖沙咀火車站有鐘樓，屋邨家家戶戶的正中央有個大電子鐘。進入工業時代，工廠八小時輪更工作，夠鐘就落班，超時加班老闆要補薪，時鐘對於戰後的香港人好重要，甚至不惜將時鐘綁在手腕上，顯示自己的時間珍貴，一個鐘幾十元上落。元朗傑成錶行老闆趙傑子先生掏出數本舊相簿，坐在櫃檯前給我們翻看，一張黑白照片，留下鐘錶行早年的舊貌：舖頭正中當眼處，有個電鐘，連着電線，三面分別設有簡單款式的玻璃櫃，背後牆壁掛滿一個個圓形、方形的電子大鐘。當年的鐘錶行以賣鐘為主，鐘是家庭、工廠、學校和公司必備之物，群體聚集抬頭望時間，大家守住客觀的鐘錶時間約定而

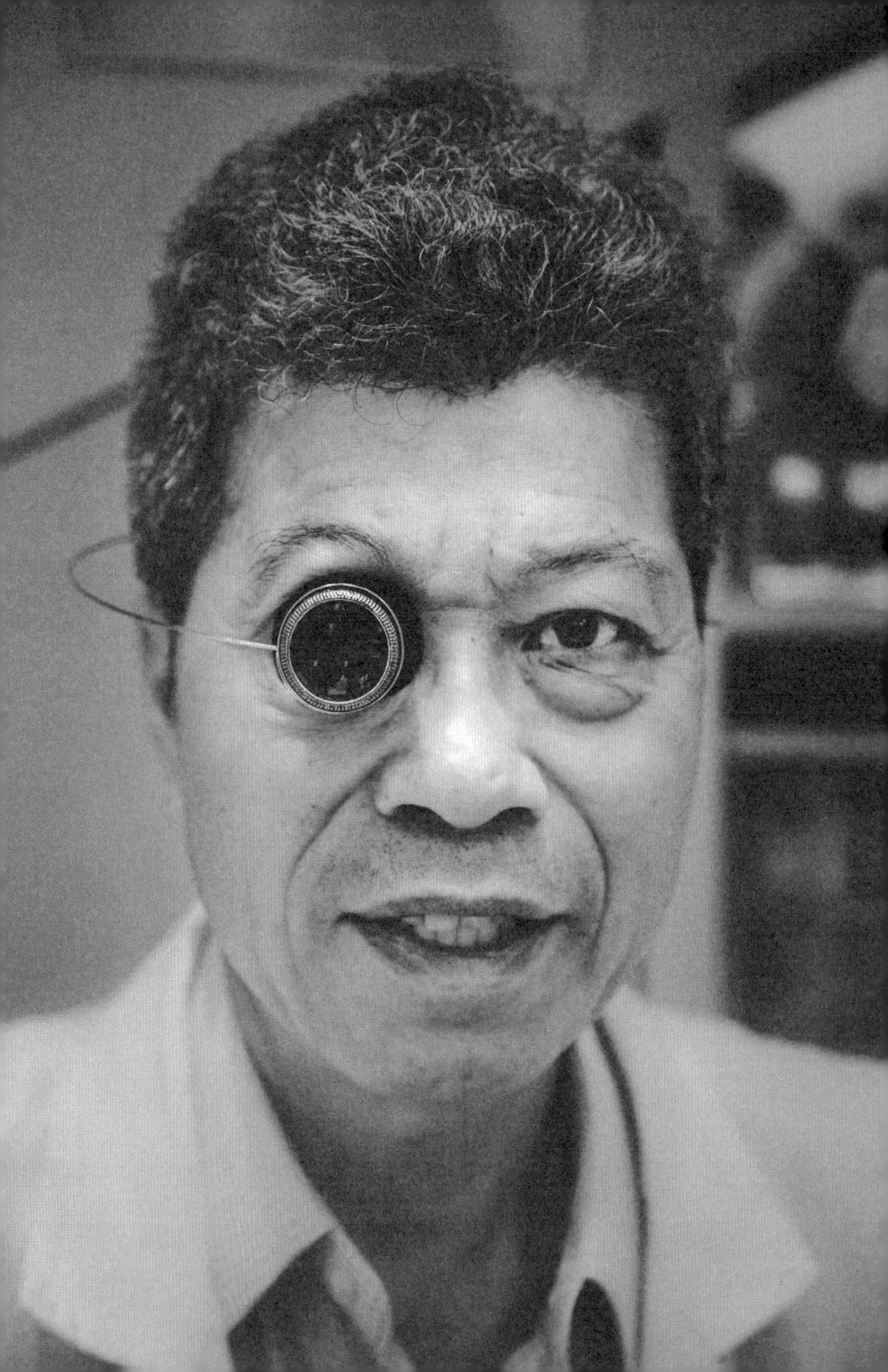

聚集，而不是越陌度阡，日影橫斜，故人相望，知道你來了，我也剛好在，你不來嗎，沒所謂，我坐下飲茶又一日，也忘記原本約了你。現在的鐘錶行的牆上，大鐘不見了，換了飾櫃內的名貴手錶及明星廣告，買錶的來客增多了，這些客人，不知是否只是戴在手上給人家看排場，自己卻不看時間的呢？

趙先生祖居深圳福田，在后海灣一帶採蠔為業。一九四九年中共建政後，香港封鎖河段，分作華界[1]與英界，初期看守寬鬆，後來愈見嚴格。趙傑子父親見時勢有變，隻身來港，得同族趙聿修幫助，在天水圍做磯圍（俗名基圍），名叫歡樂圍。趙聿修出身新界望族，是著名商人，在元朗開設光華戲院，又擁有數十個磯圍，分租予同鄉兄弟，照顧鄉里生計。當年鄧族顧念趙氏乃宋室遺裔，而鄧族乃宋朝郡馬，故此以廉宜租金將海濱之地租予趙氏養蝦養蠔養魚。

趙父生活粗安後，從大陸接來妻子及長女，在磯圍養蝦和烏頭，養大了，便拿到現時珍珠樓位置的舊批發街市出售。所謂「磯圍」，就是在海岸邊，修建一道泥石造的堤壆，引入海水，築圍成池，飼養蠔蝦海產，外面遍植紅樹林，緩減海浪衝擊，並且鞏固海堤。

趙先生等四兄弟姐妹在香港出世，從小在磯圍生活。他記得當年，數十戶人家在磯圍中間填出平地，搭建木屋居住，再在大磯圍內分出數個小磯圍，兩家合力打理一個。其時生活環境惡劣，無電無水，每日要到山邊挑水，一遇打風，海邊吹得厲害，全屋震動，甚至連「天面」（鐵皮屋頂）也會颳起。趙先生讀三年級時，父親不幸過世。後來再遇強風，母親怕一人照顧不來，便把小孩先帶到大井吳屋村親友處暫住，自己冒着風雨，回海邊守屋。以前的人，只有窮人才會風餐露宿、討海為生的，有錢的都在深谷裏面，在藏風聚水之地安居。

趙先生童年時在吳屋村金仁學校讀書，小學三年級轉到元朗鐘聲學

1 客家人叫唐界。

校，每日花大半小時，沿着橫洲，踩單車上學。下課後，兄弟姐妹一起幫母親穿膠花、釘珠片、養豬，家中時刻有人勞作，如蜜蜂一樣密密來往，辛勤度日。

恰巧他們有位疏堂姐夫——麥業成先生的父親——是做修理鐘錶的，在元朗西醫朱國京診所（現址為東亞銀行）門口擺檔，一架木頭手推車，裝有小玻璃櫃面，放着兩條錶帶做零件的顯示，連鐘都沒有，旁邊卻擺了不少玩具出售。疏堂姐夫家住水門頭，與趙先生感情甚好，有時放學後，更招他回自己家中寄住。疏堂姐夫見趙傑子完成兩年中學，不想再讀下去，便把他介紹到荃灣，在疏堂阿叔的鐘錶公司學師三年。三代同宗為近親，四代或五代之後長時間無來往的宗親就是疏堂。所謂疏堂阿叔，就是其他房系的叔父，仍是同姓的。在人生路不熟的舊香港，疏堂仍是可以投靠的親戚。

趙先生憶述，六十年代，他與弟弟先後在荃灣鐘錶公司學師，算是正式入行。頭一年只負責沖茶、打掃，後來才由較資深的師兄教導，裝

KIT SHING WATCH CO.
SEIKO

拆上鏈鬧鐘、修理零件，待熟習後，公司全部壞鬧鐘的修理，都一力承擔。直至有新來的師弟加入，有了替手，他脫身了，便升階去學手錶維修，專精其事，成為修錶師父，日久便可以指點後輩，好像舊日的小孩上學一樣，逐年升班，最終畢業，可以請回來教書了。

趙先生說：「當年學師一個月的人工有三十元，師傅則五百幾元。一日廿四小時留在公司，維修鐘錶，也幫忙看店舖，每月只回家休息一日。但師傅對我們一班小朋友甚好，出糧後，另給五元，着我們買些東西帶給媽媽。」

按當年行內習慣，學徒三年師滿，一般要補師一年，用較便宜的工資留在公司幫忙。一者為報答師傅教導之恩，二者初學滿師，經驗不足，外邊聘請不易，倒不如留在師傅身邊，再加鍛鍊。

趙先生與弟弟補完師，出來打了幾年工，也儲了些錢。到上世紀七十年代，便在元朗成立「傑成錶行有限公司」，地舖月租一千二百

ROLEX

元，以今日幣值計算，約一萬多近兩萬元，費用不低，不過兩兄弟合力經營，賣鐘錶、錶帶，兼做修理，自信可以站穩住腳。

所謂「嘴上無毛，做事不牢」。在舊時代，坐櫃檯，做「門口生意」，要夠老成才可以，青年入行之後，要待到三四十歲才可以開舖頭。趙傑子做老闆時只得廿三歲，弟弟更是二十歲出頭，公司開業之後，由於店東太年輕，有違成規，遭受同行冷落，彼此甚少往還。其時，有間「元朗鐘錶行會」，匯集元朗區內鐘錶業界的行尊老闆。他們逢每月十七日，總會休息一天，一起打麻將聯誼，但從來沒有邀請趙傑子參加。趙傑子也不介意，益加發奮用心。香港今日潮流變了，鐘錶店面都是年輕售貨員，年長的反而不吃香，被認為落後於潮流了。

趙先生自從來到元朗開舖後，便沒有再打理磯圍，磯圍由媽媽與鄰居合作，有時也在外邊請人幫忙照管。後來，元朗的畜牧業日益發達，豬場、雞場林立，深圳河那邊也受到糞水污染，再流入后海灣，令海水和河沙渾濁，磯圍的海產日減。村民索性將百幾畝的磯圍，劃開二三十

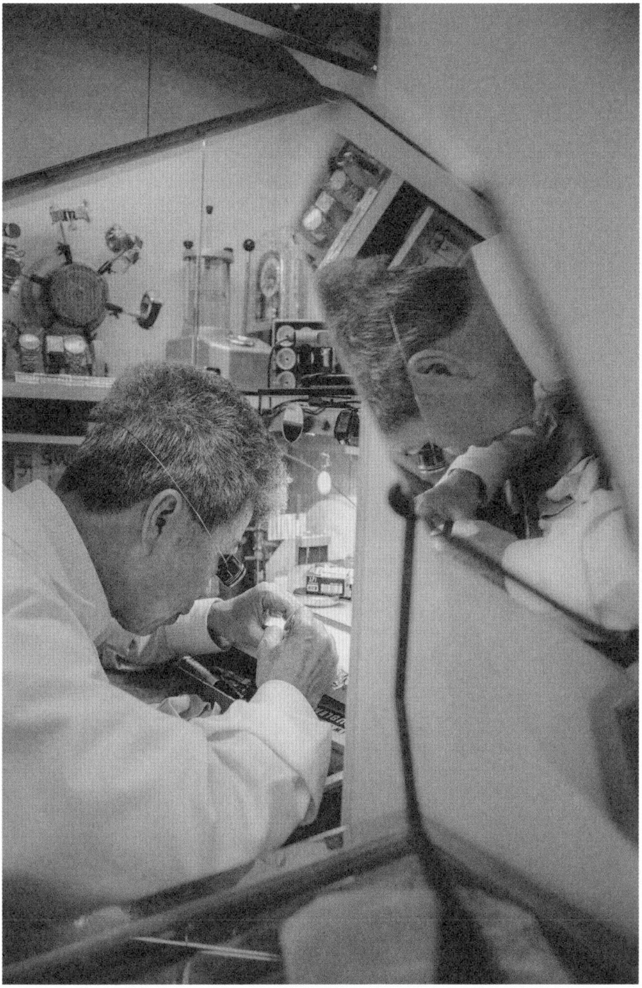

畝變成魚塘來養魚。趙先生的媽媽明白兒子有自己的事業，無法接手，也結束磯圍，提早退休了。

從農村的生活過渡到工廠打工、學校上課，鐘錶是必需品，家居每間睡房總有個鬧鐘守着床頭，人丁多的家庭，早上鬧鐘聲此起彼伏，輪流叫人起床；學校門口大堂裝上電鐘，仿佛用來警誡遲到的學生。到處走動，也要看時間。以前買手錶不容易，有牌子的，如雷達、天梭、浪琴、帝陀、精工、星辰、梅花嘜，價錢動輒是一個月的薪金。既然價錢貴，便要用得久，當時的人一隻手錶戴上二三十年，只是錶帶較為「化學」，勞作工人汗多，腐蝕錶帶，斷裂之後需要更換，故此換錶帶也是錶行的一筆大生意。

那時的大型鐘錶代理行有很多，李嘉誠外父代理「得其利是」和「樂都」、孫秉樞代理「雷達」和「星辰」、黃創山黃創保兄弟則代理「精工」。趙傑子說：「當年代理行有『行街』，通常是師傅帶個徒弟仔，用手拉篋，載着一批貨版，上門給我們看，選中便取貨。現在

DKNY
FOSSIL
COINWATCH
瑞士科因沃奇

傑成表行
KIT SHING WATCH CO. LTD.
DKNY
SEIKO

不必了，有人勤力一些的，帶部 iPad 來到舖頭；貪方便的，直接電郵貨單給你，你要補甚麼貨一 click 便是。」

隨着時代發展，手錶機芯構造也有所改進，由上鏈錶到自動錶，再轉石英錶。鐘錶公司的維修師傅也要跟上新技術，活學活用，幸好代理行會主辦課程，提挈同業進步。有錢人買車買樓，總不能隨身帶着，展示車匙門匙給人家看，人家也不知道；戴在手上的錶卻不同，一揮手就是金光鑽石，是保證看得見的財富，故此重視排場的人都會佩戴手錶顯示一下身份。大陸改革開放後，手錶成為時髦用品及身份象徵，大陸人對於手錶的需求量大增，不時來信央求香港親戚買了帶上去。不過廠方的生產力有限，不可能突然增產，必須預訂生產目標，故此當年鐘錶店得到配貨的話，必定大賺一筆。經歷八十年代，鐘錶行業持續興旺，雖然二〇〇三年沙士期間一度生意蕭條，但大陸准予自由行後，又復改善。趙先生說：「鐘錶行是香港受益於大陸政策的行業。」他現時早已退休，生意交由兒子打理，對行業前景依然樂觀，只是比起昔日，鐘錶在香港不再是必需品，商店少掛大鐘，寫字樓也不掛時鐘，火車站大堂也沒有鐘，票務處勉強有一個小鐘裝飾，很多人用手機代替手錶來知道時間。要儲蓄一年買勞力士金錶來獎賞自己，倒不如去日本度假一個月來得實惠。

網絡時代，即時通訊，如今打工仔人人上網，無薪超時工作成為常例，也無必要盯着手錶與老闆斤斤計較。烏衣巷口，夕陽西斜，錶行老闆見了世道如此，不知如何是好，唯有珍惜眼前人，殷勤款待不惜花時間過關來港買鐘錶的自由行客，在滴答聲下，老店主在計算鐘錶行業的光輝日子。

初稿撰寫人：張樂天
受訪者：趙傑子先生
訪問日期：二〇一五年十一月十七日

鄭宇強先生

千里走單騎

一九七八年五月，屯門公路通車，九巴開辦新界郊區路線六十八號，來往元朗及佐敦道碼頭，後來碼頭填海，六十八號的九龍總站搬到深水埗，後來停辦。六十八號是鄭宇強這一代元朗小孩的回憶。沒有六十八號巴士的年代，九龍那邊的人，該怎麼去元朗呢？復古，坐船在后海灣上岸？還是再復古，行荃元古道，翻山越嶺由荃灣爬大帽山落去石崗，再去錦田和元朗？都不是啦。有大馬路，就有車搭，而且鄉民都有「私家車」的。

「元朗舊時只有一條大馬路，在市中心要乘車出佐敦道，有三種方法：第一是貨車，兩邊有排木椅，中間有條繩給人扶住。第二種方法，是十六號巴士，行青山公路。還有的，是白牌私家車，是的士的前身，有急需的，可以召來。」鄭先生一坐下，便問記者乘搭甚麼交通工具抵達元朗，第二句就提到元朗居民人人知道的大馬路。鄭先生的家族生意，在元朗扎根近七十年，也是與日常交通工具有關的，卻有別於上述三種，車身小巧而用途廣泛，在昔日元朗，居民都愛用來穿梭大馬路、小巷與田壆之間。你沒有猜錯，答案正是單車，鄉民的私家車。鄉民自己駕車，迎着風，背一包米或兩籠雞苗，在大馬路行駛。

鄭先生的「雲鵬單車有限公司」，現時坐落喜業街地舖，甚具規模。但他說：「這都是幾代人的辛苦換來的。」

鄭先生祖籍惠州，爸爸在鄉下已經從事單車行業，只做維修，不涉買賣，卻隨當時行內習慣，兼營氈帽清潔的副業。民國一代的男士，無論貧富，愛戴西洋氈帽為時尚，有時用到骯髒、雜有異味，便送來給他爸爸清潔，套在一個特製木頭模具，用化學品清潔，即是乾洗。

及至一九四九年，共產黨來到，鄭先生的爺爺不幸被打成地主階級，家人被迫逃難。然而，上一代的人，心底鄉情難斷，不忍把家族的根盡數拔起，總想留條後路。結果，鄭先生的大媽一房留在大陸，爸爸和媽媽則南下香港。

爸爸一到元朗，便急於尋訪住在掃管笏的遠房親戚。當年元朗往掃管笏，交通頗為不便。惟爸爸想起此後要獨力照顧一家大小，需錢開舖，只好帶些手信，登門拜會親戚。那位親戚也是好人，知道情形後，願以五十元相借濟急，五十元在當時可不是小數目。那時候建廟的碑石，十元就可以刻一個名。

今日元朗青山公路恆生銀行的位置，舊時為「明豐米機」。元朗以前盛產稻米，農民收割後，有些會送到米機去殼磨糠，順便寄售，故此米機又如米舖。「明豐米機」的建築外形，正面是一排向外伸出的騎樓底，狀若簷篷，其上為住客民居，其下為行人走道。而建築物側邊是行人路，闊約六呎，同屬米機業權範圍，路邊設有坑渠壆為界，界外則歸政府用路。而鄭先生的爸爸最初便是在「明豐米機」旁邊的行人路上，搭起木板街舖，重操故業，開舖修整單車。

鄭爸爸每朝開舖，第一件事，就是拆開幾條一排的六呎長木板，劃地為界，理出個舖位來。令鄭宇強小時最印象深刻的，是街舖對正「明豐米機」打殼機的出風口，「日日嘈到耳都聾」，甚至連家人都不期然養成大聲講話的習慣。

從前元朗鬧市，不在今日的市中心處，而在雞地天光墟。農民每日運送農產品到此擺攤，附近有米機、茶樓等連帶行業，形成一個小小商貿區。故此區內交通，總靠單車往來，人人喜其輕巧，既可入村，行走阡陌之間，亦能負重，運豬、運雞、運菜出墟市，快捷方便。有些更以單車載客，後座收費，如同今日之「的士」。

鄭先生說：「當年早上五、六時左右，已經有人踩單車送菜到來交收，有些稍後還會出九龍。單車粗用來載貨，自然常壞。居民每每交收貨後，便來我們舖頭，把單車一放，交給我們維修，自己先食個中午飯，食完便回來取車。故此，人人中午乘機休息時，我們卻是忙個不停。」

以前修理單車，所需技術甚高，是真正的「整單車」，將壞的修理好，不如現在見壞就換。以前一粒「波子」（軸承裏面的走珠）要自己「黐」，啤鈴（音譯自英語 bearing，即軸承）、鋼線也要自己處理。最常遇到的事，便是輪胎破裂，所謂「爆軚」。以前物資短缺，輪胎壞了，通常捨不得換，寧願修修補補，故一條輪胎可有許多補丁。補輪胎是單車小舖必須做好的事，單車其他部分壞了，還可支撐一段路。要是輪胎破裂，勢必壓壞外輪胎與車框，難以收拾。

鄭先生七八歲時，媽媽用一毫子來哄他學補輪胎，學會了，從此所有輪胎都由他補，不過再無賞錢。他笑說：「以前放假不大開心，因為要回家幫手。」他笑說以前的小孩喜歡上學，留心聽課，是因為生活艱苦，在家要做家務或勞作，回校是解放。現在剛好相反，小孩上學課業繁重，比捱騾仔還慘。

補輪胎也講究技巧，要先將破損的地方用銼刀磨刮乾淨，稍微刮得深入些，令表皮現出凹凸，方便膠水附着，才塗膠水一層。膠水指定用日本的地球牌，以其品質最好。待膠水黏緊輪胎底層，乾後，再塗第二層，不過這回要一掃而過，不可往回抹，否則掀起下面一層的膠水，再補上新的輪胎皮，便不容易黏合。這是鄭先生自己揣摩出來的方法，百試不爽。他說：「如果收人錢，補完又漏，被人罵事小，人家沒單車踩，半路中途拋錨，就糟糕了。」

「那時每個行業都辛苦，我阿爸阿媽是好勤力的人，真是沒想到他們可以做得到，早上做生意，還要煮飯洗衫。以前洗衫簡直是要命的勞作，七兄弟姐妹成堆衫，又厚又污糟，忙到晚上十二點多一點鐘，才可以上床睡覺。我以前奇怪，為何粵語片播的盡是淒涼故事，不可以做喜劇的嗎？後來才明白，原來人身處現實境況，是不能使自己心態過於開心，因為愈開心，反而覺得自己愈淒涼。以前的生活環境不好，大家守望相助，互相體諒。好似制水時期，真是慘過擠提，我阿媽要照顧一家，又有夥計，不可能有時間輪水，最後多得朋友幫手，度過那一段辛苦的歲月。」

舊時做生意，小店現金有限，有時周轉不靈，買賣兩方，往往需要記帳，故有所謂「流水簿」。流水簿是一本長方形的簿，大概六吋乘一呎，側面用繩穿着，有如線裝書。以前辦館、單車舖、米舖的交易慣常記帳。不過，以前的人作風老實，有借有還，尤其當年單車價值不菲，英國單車索價三、四百元，大陸單車也要九十至一百一、二十元，其時警察月薪不過一百元多些。

那時鄭爸爸的街舖不遠處，有一間「順飛單車舖」，規模頗大，專門代理英國名牌單車，如客家佬（又名大力士，Hercules）、三支槍（BSA）、萊利（Raleigh）。

鄭先生說，以前的單車，都是外來貨，英國出產最為精良，大陸品質較次。英國製造的單車，講究幾何（geometry）力學設計，鋼管支架「硬淨」，彼此支撐，故此負重驚人，客家佬正是其中代表，即使載上兩百公斤的豬，行走於崎嶇不平的路面，也能穩定前行。是故，客家佬以實用取勝，最受歡迎；三枝槍則以速度佔優；萊利以車身輕快、行車暢順著名。

同行在鄰，競爭難免。幸好鄭爸爸的街鋪專營單車維修，不涉買賣，自有營生之道。然則，只做維修，街鋪便無現成零件備用，往往要先請客人付費，再往另一間單車鋪購買零件。鄰近那間「順飛單車鋪」，鄭爸爸當然不便上門光顧了。唯有請朋友介紹，向九龍的「公商單車公司」入貨。「公商」是做單車批發，代理五羊、鳳凰、飛鴿等大陸牌子。起初，雙方份屬同行，信任不孚，後來為鄭爸爸誠信所感，生意往還日久，許以賒數了。

一九五九年，「雲鵬單車有限公司」由街邊檔變成一間小鋪頭，位置在同一地點的中間路段，鋪面寬約六呎，長十多呎。每日下午，「明豐米機」收工後，路口向馬路的一邊便有潮州人賣粟米小食，許留山創始人以前也是在此擺檔，推木頭車賣崩大碗[1]。

一九六七年，「雲鵬」經營多年，積攢了一些資金，在附近找了個

1 民間草藥，心形之葉如崩角之碗，有清熱解毒之效。

正式鋪位，不用長駐街邊。及至二〇〇八年，則搬來喜業街現址，佔地過千平方呎。

鄭先生自言小時讀書不多，一九六六年在元朗大旗嶺光明學校上小學，讀到中三，一九七四年起，便全職在舖頭幫忙。家中生意，由維修到批發，都是靠自己一邊做一邊揣摩。

他說：「初時雲鵬嘗試做單車批發，常要在外地洽談品牌代理，自己英文學識不夠，遇到不少困難，都是多得朋友關照，互相介紹買平價貨的門路，又拓寬人面，從中建立自己的信譽，擴大事業。今時今日，洽談單車代理權不容易，好的品牌早已被人取了，普通牌子又難賣。現時是行情最暢旺的時候，也是最辛苦的時候，牌子多了，客人選擇多，做代理就變得困難。」

時代變遷，單車的功能已由從前的運貨載客，變成運動、消閑，有些人更去外地踩單車，乃至去外國比賽。鄭先生說，單車行業的興旺，有一

定的時代因素。一者，是香港的戰後嬰兒進入退休潮。退休人士逐漸愛上踩單車這玩意，既可以一人獨遊，也可以組隊同行。一班人踩單車，最需要大家互相幫助，你幫我載物，我幫你引路，甚至單車偶然脫鏈，也可靠經驗老到的同伴即時修理，令初相識的朋友，容易熟絡，這是單車運動受人喜愛之處。另外，現代人比以前更注重健康。他指，香港的單車熱潮，興起於沙士期間，市民醒覺要多做運動，保持健康，而踩單車則是很好的帶氧運動。今年是全球單車行業淡季，唯有一個國家的單車業績逆市突圍，就是早前爆發「新沙士」的南韓，這也是由大眾心理引發。

鄭先生以前終日修理單車，現在生意上了軌道，可以踩單車到處去。他踩單車，先後遊歷台灣、泰國、日本、德國，參考外國經驗，增廣社會見聞，也反過來思考自己的成長與香港的教育。

他說：「我小時學識不多，但與人交往，接觸面廣，對於香港今日的教育問題，我有自己一點點看法，可以跟社會大眾說說。我覺得香港現代的小朋友，生活好苦，沒有自由，甚至沒了生活的自由。其實小朋友的教育可以好簡單，只須基本的中英數，其餘的，不必急於學，任他們自由地玩，從而學懂待人接物，誠懇有禮，並隨父母師長多上博物館、圖書館，學習守規矩之餘，也自行摸索學習。外國的小孩便是經常到公園草地寫生、跳舞，甚至跑跑跳跳，父母在旁與兒女聊天，很快樂，也是在學習。」也許他是以載貨單車來比喻吧：「教育是重量與容量（volume）相秤。小朋友的教育起點要廣泛，由他自行探尋，待發現知識的興趣，再來專精學習。那時，他們才會真正的珍惜讀書。」

兒童腦袋的容量有限，故此要選擇貨物來載，太大件就飄忽、無法平衡，太重就傾側、翻車，要容積和質量（重量）對稱合宜，包紮穩當，單車才可以從大馬路穿過橫街窄巷，越陌度阡，安然駛回鄉村。千里之行，始於足下，看來替人家修理單車的人，更懂得如何為自己和下一代配好單車，裝好貨物，行人生長路。

初稿撰寫人：張樂天
受訪者：鄭宇強先生
訪問日期：二〇一五年九月二十五日

67
恭賀新禧
好到底麵家
仝人鞠躬
蟠桃
好
到
底
商標
電話(零一)二〇三
零沽批發
送禮佳品
機製西露粉
虔製素麵
蟠桃壽麵
鷄蓉蛋麵
蝦子蛋麵
本號精製
一律歡迎
長壽喜麵
爽滑寬麵
雪白線麵
旅行蛋麵
魚蓉蛋麵
好到底麵家

陳祺賀先生

名堂響阜財

童年時代，媽媽帶我去元朗投墟。元朗墟以農曆三、六、九為墟期，附近鄉民帶了農產品和竹木工藝品之類來買賣。在墟期去元朗，本地話稱為趁墟，客家話叫投墟。即使不是墟期，搭巴士去元朗，也叫投墟，好像裏面好多鄉親和掌櫃在等着我們見面似的，令兒童心裏面好雀躍。投墟的最後一站，就是好到底麵家，行了一個早上，就穿過光華戲院的大招牌，看一下做甚麼電影，之後在麵店坐下，食一碗餛飩麵（俗寫「雲吞麵」）。

元朗「好到底麵家」，老字號，連招牌也是書法名宿區建公手筆，魏碑楷書。香港甚麼都說要發展，舊區一個個清拆，區建公的題字不多見了。「好到底」保得住老招牌，也保存了老派人的經營原則和麵食味道。

來到阜財街，馬路對面，「好到底麵家」五字映入眼簾。店舖旁邊的唐樓，樓梯入口處，一堵曲牆上，綠色水泥畫保留了「好到底麵家」的舊時廣告，「電話零一二零三」，不知當年接聽電話的，是否青年時代的現任老闆陳祺賀。

陳祺賀先生憶述，「好到底麵家」是他已故的父親陳波與幾個叔伯創立。「好到底」的店名，出自陳老先生的構想：「好」，指麵的品質要好；「到」，指招呼要周到；「底」，諧音，指最緊要「抵食」。一個店名，串起品質的三個要訣。

第一代老闆陳波原籍新會，鄉下務農，偶然得到做飲食的鄉里傳授煮雲吞麵的經驗心得。一九四七年，便與自家兄弟來到香港創業，時年十九歲。當時的元朗，人煙稀少，盡是田地，只有一條大馬路。陳波等人來到元朗，但見此處食肆不多，而且是海鮮酒家之類的昂貴飲食，便想到在街邊賣雲吞麵，招呼一下貧苦大眾，該賺到幾個錢養家吧。

當時的人食雲吞麵，不如現在一代喜歡「慢慢歎」，卻是食完就走，似中式快餐一樣。陳波幾兄弟，砌了個木板櫃仔，盛着火水爐與一些材料，一邊一個用擔挑，帶同櫈櫈，在元朗街頭擺檔。

過了五年，託賴賺到一些錢，陳波兄弟在同益市場租了一間小屋，開始有自己的店舖，「好到底麵家」正式開張。當時鄰近的食店都是賣飯為主，陳波兄弟的雲吞麵店，生意不錯，只是後來該處要發展，要另覓他處搬遷。

一九六一年，搬來阜財街現址地舖，比鄰是光華大戲院，開場的時候，人客川流不息，當時舖價兩萬元，算是便宜，樓上唐樓單位不過幾千元一間。經營初期，「好到底麵家」淨賣雲吞麵，做響了名堂，陳波老先生點子多，見機不可失，於是想到做乾麵餅，待慕名而至的顧客，可以在堂食後買乾麵餅做手信帶回去。乾麵餅，要先蒸熟後曬乾，可以保存一年半載，不過種類不算多，只有雞蛋麵、素麵、蝦子麵數款。

當時「好到底麵家」是前舖面、後工場，有時夥計也住在這裏。舊時用人手做麵，平日主要是街坊客，逢星期六、日則市區客多。光華戲院未拆時，舖頭日日八點開門，做至凌晨十二點，招呼戲院的夜場客。每當雞地墟期時，不論賣的買的，人人都過來吃一碗雲吞麵。

至於現任老闆陳祺賀先生呢？子承父業，一九六七年起，便幫父親打理舖頭，各個崗位，頭頭尾尾，全都做過了，好像煮麵、造麵、樓面、雜務，連簡單維修都要懂，壞了光管、更換水喉，召得師傅來就「例遲」（指必定遲到）兼誤事，唯有自己樣樣學會一點。一九九一年，他正式從父親手上接掌舖頭，遵從傳統，事事親為，從元朗取蝦，自己「搣」蝦頭，做雲吞餡。雲吞麵用河蝦，他說：「蝦仔細細隻，個個用手『搣』，都咪話唔辛苦。現在的『搣』好才送來，好多了。」

李清蘭
黃楊信
黃錦芳
張逸鄉
黃濂清
成德堂
美成堂
慶雲洞
陳平記
曾創記
張成記
梁成記
葉森記
梁林記

Coca-Cola

現時陳先生與夥計每朝六、七點回鋪籌備，做雲吞餡、熬豬骨湯，雲吞務求做得細細粒，要一口吞下的，不像外邊做的那樣，大到「成粒乒乓球」一樣。過去十年，「好到底麵家」於港九開設分店，專賣乾麵，發展不俗，除了招牌蝦子麵，陳祺賀參考他家，創出菠菜麵、甘筍麵、瑤柱麵，供客人購歸。陳祺賀說：「我們的麵沒有鹼水，一『淥』就食得。」當然，對麵的需求大了，只好改用機器代替人手製麵，陳祺賀在附近榮華工業中心置有廠房，務求使運送方便。

陳先生指，一碗靚麵，講究麵要爽、材料要新鮮、湯底要靚。尤其要注重麵粉，「好到底麵家」的麵粉是從加拿大入貨的，買麵粉時須留意當地天氣與收成時期，是否影響麵粉質素。

麵的味道，也是依足自家傳統，師傅每日都要親自品嚐湯底，確保依照舊味，並無失真。時代改變，但陳先生堅持一切維持原貌，連鋪內的木製卡位、神檯旁邊的長方形大鐘，都用了幾十年。要變的，只有菜式，於是又炮製出蝦子蘿蔔、牛腩蘿蔔這兩款受歡迎的招牌餸。

然而，不知從何時開始，「好到底麵家」由原先凌晨十二點收工，提早到晚上八點。陳先生淡然道：「十年前舖頭還是好旺，不過元朗的食店陸續增多，分薄客源，加上新一代的後生仔食慣公仔麵，又酸又辣又澀喉，食完要飲汽水的那種，不太懂得欣賞傳統麵食。如果要開拓年輕人生意，為了遷就他們的口味而改傳統，這可不行啊！」

訪問之後，陳先生請我們到樓上的雅座用餐，我們堅持付款。臨別，他與兒子仕傑送了我們幾盒乾麵餅，盛情難卻，我們收下了。他教我們煮法和食法，並自信滿滿地說：「我的麵好食的，拿去吧，不要客氣。」講來樸實無華，好像在家裏做了麵，請鄰居也試一下。識得食而親切待人，正是元朗老店作風。

初稿撰寫人：張樂天
受訪者：陳祺賀先生
訪問日期：二〇一五年十一月十七日

許祖培先生

流浮山，滋味長

童年時期，上世紀六、七十年代，學校的同學有住在流浮山附近的，該地臨海，有蠔田，同學說可以用木板在泥漿地上滑行。有一種叫「馬蹄蟹」（鱟）的古怪生物，蟹有圓甲和拖一條尾巴的，好像《山海經》圖錄的東西。我當年聽到流浮山的名字，心裏就不安穩，流浮山好像無根的山，海上漂流的村社。

許祖培先生童年的居所，也像戰後的香港人一樣，流浮不定。一九五七年的一天，十號風球，他跟着母親來到元朗舊墟，自此由「香港仔」變成「元朗仔」。

許先生在港島西營盤出生，後因一場大火，一家遷至灣仔天台木屋居住。許父娶有兩房妻室，然而彼此不和。七歲那年，窗外颳着十號風球，家中兩位母親吵得不可開交，結果一場暴風雨下，他和母親來到元朗舊墟村屋，投靠長年獨居的姨媽。

落戶元朗

姨媽年輕的時候，在越南替法國人做工幫傭，後因越南戰爭政局動盪而回流香港。姨媽儲有積蓄，膝下並無兒女，為典型「自梳女」。她二話不說，把許先生兩母子收留下來居住，此後五十多年，許祖培便與元朗這個社區共生成長。

「當時的感覺就是很爽！舊時住處環境狹窄，媽媽又不許我自行上街，只能憋在天台玩『鎅紙鳶』。來到元朗卻是另一回事！這裏空間開闊，有樹有牛，開門便是街，自由多了。」許先生語帶俏皮，遷居元朗似乎是因禍得福的轉變。加之舊墟並非一姓一村的「圍頭村」，當地人

對外來者少有排斥，而且有義氣，不相欺，所以他和母親亦易於適應生活。於一眾小孩中，許先生更因由香港島遷入而富有優越感，「當我拿出膠公仔玩具，其他小朋友都會眼前一亮，大讚厲害呢！」說着哈哈大笑起來。

雞地賣雞

這股歡樂氣氛亦散見於住處的四周，那是因為本來在灣仔賣菜為生的許母，到了元朗後近視加深，看不清戥秤，難做買賣，索性轉行養雞去。

就這樣，許祖培多了二十隻小雞作伴。小雞皆以花紅粉點染羽毛作記認，在籬笆圍繞的空地中放養，閑庭信步，閑時吱叫幾聲，呼朋引類。

待小雞長有一至兩斤重，大清早四、五時，他便會幫忙提着

雞籠，與母親前往「雞地」販賣。「那就是要趁墟期，不同地區有不同的墟期，元朗是三六九，青山是二四六……三六九的意思就是以農曆計有『三』、『六』或『九』的日子，例如初三、初六、初九、十三、十六、十九等。」

當時貨品都是一籮籮放在地上賣的，許家的雞也是這樣以繩綁腳放在地上，待價而沽。「墟市中有人負責作公正，望公秤，至於市價，則須聽收音機以香港電台的《街市行情》節目所報為準。」許先生讚歎當時的人忠厚篤實，也重信用，甚少有欺騙之事。當然，有些養豬養狗的，如預計那批牲口未必能挺到同區下次墟期，便會跨區趕到其他墟市販賣，務求以活口賣得好價錢；遇有「爛市」，為免帶回去又花費幾天飼料，多會減價促銷，總之凡事隨機應變。養雞業式微之後，這個原先稱作「雞寮」、「雞地」的地方，建了新型房屋，附近街道相應更名，以「鳳」代「雞」，譬如「鳳琴街」和「鳳群街」等。

百般滋味流浮山

許先生母子在元朗住了大半年後，許父在流浮山買了地建屋，他們兩母子亦隨之搬遷。「當時父親花了一百元買地，繼而自資買木料及磚石建材，至於搭棚砌牆則全靠親戚自發幫忙，哪有甚麼餘錢聘請工人呢？」許先生強調一樑一柱，搭雞棚、填蠟青、倒油漆等，都靠一眾親戚的心意和勞力，一間瓦屋，親情洋溢。

至於許父，其職業實為舵手，於船運公司替「船主佬」工作，平日多出海運貨，頗能攢錢，加上一幫兄弟偶爾走私託運，更撈了不少油水。然而，許父亦因此染上「富貴惡習」——吸食鴉片。當時開設煙館實屬違法，但因利潤豐厚，仍有不少人開設圖利。煙館多以藍布或黑布遮擋門口作記認，內裏設備簡單，就是臥床和煙槍。「我對內裏情況的印象頗為深刻，因為媽媽經常囑我前往叫爸爸回來吃飯。那股煙味可謂惡臭，而且吸食用的煙槍竟是共用的！口水絲連，甚為髒亂。」從許先生緊蹙的眉頭，可以猜想得到他對鴉片的厭惡。

父親經常在外，家中全靠母親操持經營，幸好母親總能因時找到對應的謀生方法。家住流浮山，鄰近海鮮出產地方，除了繼續養雞，許母亦接了一些削蠔竹的小工作。斬竹之後，用小刀削分竹枝，並把竹枝的邊口弄平磨順。這些竹枝其後會交予工頭，作為穿曬蠔豉之用。穿好的蠔豉會呈一環形，既美觀又能均勻晾曬。

俗語有云：「靠山吃山，靠水吃水」，家住流浮山，許先生自然深得其道。「那時候的蠔，一開殼，蠔肉如手掌般大，蟹亦很大，可以說是『食到厭』，哈哈！哪像現在的海鮮這麼瘦削呢？我們亦會掘泥鰍作餌，一手魚絲一個鈎，便能於海邊釣到黃腳鱲；西洋菜田、番茄田間又會挖有很深的水窪作儲水灌溉之用，一手魚絲，又能從中釣到許多塘虱（鯰魚的一種），吃個肚滿腸肥。」他露出一個飽食滿足的笑容，「有時候，蠔太小或太難開，船家為免麻煩會直接棄於一旁，這時候姐姐便會拿着水桶去撿，撿回一桶作菜，又可煮蠔餅，全是不用錢的。另外，附近設有灰窰，燒蠔殼成粉出售，殼量不足時，會喚來小孩幫忙撿拾，依量換取「斗零」（五分錢），可以到士多買零食，陳皮梅、甘草欖……還有……還有……總之好多零食啦。」

還有少不了的上學。許先生當時就讀流浮山商會開設的小學，設備頗為簡陋，算是識字班，要到後來唸到三年級，始有鄉村小學。課堂用的是現代教材，而不再是《三字經》。他一直唸到中二才輟學，期間曾入讀崇德及信義學校。事實上，不少同學唸小學，一旦學懂計算及唸讀基本字句，便會停學幫補家計，亦有一些中途突然離校，「我猜那些同學應是出身漁民之家，隨父母到平常交收漁獲的魚欄寄居，順道到附近唸書。時節到了，便漂到下個地方。」

讀書成績好自然有其好處，當時只要中學畢業，會考英文合格（E級），加上獲兩位村長簽名作擔保，即可直接投考警局「幫辦」（即督察），可謂一份優差，但其時於殖民政府任職好像聽命於異族，雖職位穩定，但薪水也不多，於社會主流意識並不像現在般吃香，反正行行出狀元，大家都是各安天命，奮發向上。

世界變

時移世易，一時期有一時期的機遇。香港上世紀自六、七十年代起，經濟起飛，家庭式手工業、輕工業大盛，亦自然改變了元朗一帶的居民的生活模式。許先生回首這段黃金期，卻未見太多熱情或故事，只是輕輕帶過：「通常只有『豬頭骨』才會分發到落後地區如新界村落做，即是程序多，工錢少。」可見那時候香港的生活和待遇已因地區作等級劃分。據他所述，即使出走外國，也有等級之分，當時不少港人到荷蘭和英國等地開設餐館，申請的護照卻有不同，一般港人只拿到「BNO」（英國國民（海外）身份），但原居民、圍村人卻能拿到「BDTC」（英國屬土公民身份），地位待遇高人一等。

然而，最令許先生感到惋惜的是八十年代後期元朗地貌以至社會風物的轉變。據他記憶，當年元朗大馬路兩旁街道店舖賣的多為米機（輾米穀殼用）、飼料（如花生麩、穀糠和綠豆等）、菜種和農藥，夾有數間茶樓和百貨公司，一間滙豐銀行及廣東省銀行。「還記得馬路中間的安全島，種有多棵剝皮樹（白千層樹）、尤加利樹（桉樹），由元朗一直延伸至洪水橋，樹影婆娑，甚有詩意，絕對是拍拖勝地。好美好美！可惜後來要建那些『死人輕鐵』，都砍光了，弄得『鬼五馬六』！」街上農業物品、飼料舖一間一間倒閉，銀行卻如雨後春筍冒起，不少圍村人更因政府收地賠款而一夜暴富。又如錦田，該區本來因鄰近石崗英軍軍營，酒吧林立，吧女如雲，八十年代後期，英軍漸退，本地人漸富，這些娛樂場所反而轉為內銷生意；「喎喀兵」不走

便留在香港落地生根，開咖哩餐廳。

美好時光

社會經歷天翻地覆的變革，但許先生心中永遠惦念着六十年代的元朗那段光輝歲月。那時建有「元朗娛樂場」，恰似小型的荔園，位於恆香餅家後面，設有摩天輪、跑馬仔機，定時播放粵語片，又會請來一眾歌手如廖志偉和張德蘭（本名張圓圓）等人表演，閑時聽聽掌故家吳昊（本名吳振邦）說說民俗故事，爐邊閑話，真可謂人生一大樂事。

許先生於茶樓內結識了香港電台「龍翔劇團」的粵劇編劇陳紫輝。「當時，香港電台會定期搭棚拉幕，到元朗公園演劇，所以我有緣結識了他。他與澳門『綠邨電台』的梁天相熟。閑時聽他說說見聞，談談社會百態，十分有趣。」當然結交也看時機，事關這位編劇據云有「鴉片癮」，到了月尾，便是山窮水盡需人接濟的時候了。他曾對許先生說「道友」的想法和念頭倍多於常人，每逢吸食鴉片，靈感頓如泉湧。許先生後來回頭一想，著名武俠小說作家還珠樓主聽聞亦有「鴉片癮」，想來此言非虛。無奈後來煙販「跛豪」被捕，這位編劇亦斷了吸食鴉片的處所，毒癮難耐，最終慘淡收場。

「禍兮福所倚，福兮禍所伏。」香港殖民地因鴉片戰爭而來，此地之人如煙花楊柳，命運旋起旋滅，有人一夜暴富，亦有人一夜破財，而許先生於暴風之夜，家庭生變，隨母親從香港島出走，變為「元朗仔」，生命如民初話劇《雷雨》的劇情。五十年回望，前塵往事，是悲是喜，一時難以分說。「大風起兮雲飛揚」，元朗之變幻，如白雲蒼狗，而他最喜愛的元朗，就是舊墟有樹有牛、流浮山有蠔有鯰魚的舊元朗。

初稿撰寫人：姚文龍
受訪者：許祖培先生
訪問日期：二〇一五年九月三日

24733608
愛護老院
EL:2473 3608

劉潔瑩小姐

我為百物造包裝

清人袁枚〈苔〉詩：「白日不到處，青春恰自來。苔花如米小，也學牡丹開。」一處於樹蔭下的青苔，花雖然細小如米，但花期到了，一朵朵盛開起來，綻放的志氣如牡丹一樣，小白花鋪滿石澗。小時候在中學讀經濟及公共事務科，老師講到香港的工業，總是漏了紙盒製作，那時明明是成行成市的，潔瑩向老師提出，但老師一臉茫然。到了紙盒廠無法經營下去，聯絡歷史博物館的人來考察機器，看看能否收藏，博物館的人又說紙盒廠在香港工業沒有代表性，機器不收。潔瑩覺得莫名其妙，一條街的人都是靠造紙盒為生的，而且供應全香港的餅店、裁縫店、裙掛店等，當年的蛋卷、臘腸、月餅的紙盒好多都是元朗製造的。

以前人說的「包裝」，是店家精心用紙張將東西包紮好，或用紙盒載好，奉給貴客，不是市場推廣（packaging）的意思。以下是潔瑩的自述。

我的家業是自行安記紙盒廠，行內簡稱「自行」或「自行安記」，由我祖父劉平安先生開創，紙盒跨越海港，賣到香港島。談元朗某些歷史，可以從我祖父輩說起。我的家族在元朗其實從來都是處於一個比較尷尬的位置，我們不是政府定義的原居民，面對居住在圍村裏會說圍頭話或客家話的原居民的時候，我們家通常會被定義為後來者，所謂外來人或「來路人」（客家話的講法）。然而，因為元朗鄰近深圳，樓價和物價比九龍市區便宜，此地一直聚居了很多外來人，在我成長的過程中，後來者的人數增長一直沒有停止過。我童年在元朗讀書，直到升上中學，碰到很多年紀比我大的中學同學，是大陸新移民，在他們的眼中，我卻成了原居民的子女。

我爺爺名叫劉平安（一九一〇至一九六五），廣東新會人士，於上世紀三十年代來到香港，他當年選擇在元朗這個荒野之地落腳，應該沒有想到他的子孫至今還留在元朗居住，成為第三代元朗人吧。再過二十年，我的家族就紮根元朗滿百載了。然而，以升斗小民之身，我們總是感到無力，沒權改變自己社區的發展，沒權去為自己社區下定義。我一直在想，如果我們這代人找不到紮根於此的印證，找不到為此地曾經付出過的證據，找不到我們曾在此地遺留下來的情懷，終有一天我們和其他人會遭受冷酷逐出香港的命運。陳雲先生訪問我的時候，我這樣說，我的心情，他明白的，只有元朗人才容易明白。

上世紀三十年代，我爺爺首次踏足元朗，當時他來到一個名叫西漁涌的地方落戶，即現今西裕街和西菁街一帶，其中一個小區有八間很矮的小屋相連着，鄉民就叫這做「八間屋」，附近的老街坊通常稱此區做「八間」。這些土名，就如上環的卅間，或者台灣的九份、十分。而他就住在第八間屋的二樓，當年的住址是：西漁涌八間屋第八號二樓。其後，他於五十年代在元朗開設紙盒廠，經營着被稱為「手作仔」的手作紙盒家庭小生意，工廠名為「自行安記紙盒廠」，在家中人手作業。爸爸說「自行」寓意「生意自己行過來」，聽起來倒真有趣，但是以前的年代就是這樣，生意的字號必須改得吉利，生意才會興旺。五十年代，元朗有很多地方還是田地和魚塘，當時，「八間」的外圍都是農地，附近的鄉民多以耕種務農維生，後來都成了紙盒廠的工人。由五十年代直至行業沒落，元朗總共有四間紙盒廠，除了自行之外，還有利華、麥老方和盧炳利。自行是元朗第一家紙盒廠，同時也是支撐到最後的一家。

在五十年代至七十年代末，我家的紙盒廠製作了雞蛋盒、蛋卷盒、西裝盒、鞋盒、臘腸盒、臘鴨盒、裙掛盒、月餅盒。然而，自八十年代開始，隨着市場對包裝的要求提高，我們後期只以製作蛋卷盒、月餅盒、壽衣盒、裙掛盒、銀包盒為主。我家曾經合作過的商戶或機構很多，比較出名的包括鯉魚門眾多老字號蛋卷舖的紹香園、鳳香園、瑞香園、勝園、流浮山的泰興、沙田西林寺、元朗的榮華、專賣中高檔百貨的元朗千色店、黃惠記（壽衣店）、鴻運繡莊（婚紗禮服店）等。

爺爺在他前妻病逝之後不久，在一九四五年娶了我嫲嫲劉李麗娟女

士（一九一七至二〇〇一），婚後第二年便誕下我伯父，接着三年後誕下我爸爸。可是，爺爺在一九六五年就過世了，安葬於元朗洪水橋丹桂村，而當時我爸爸只有十六歲，所以其實他對爺爺的印象也是很模糊。唯一最深刻的，就是爺爺帶童年的爸爸去過萬芳茶樓飲茶吃點心，爸爸將這件事告訴我的時候，我們正在萬芳冰室吃着下午茶，有點時空錯亂的感覺。當時我在想，不知道萬芳茶樓和萬芳冰室有沒有甚麼關係的呢？爺爺過世後，伯父繼續讀書學會計，於是沒讀甚麼書的爸爸就順理成章繼承紙盒廠了。

小時候，只要跟爸爸出去飲茶或者新年去逗利是的時候，都會碰到很多老街坊，爸爸總是叫我要有禮貌一點，不要忘記他們，因為他們以前都幫爺爺做事，而且這些老街坊在爸爸童年時也很疼他的。後來更讓我驚訝的是，在某年重陽節跟爸爸去蓬瀛仙館的時候，原本只知道要拜祭嫲嫲，到達後他才介紹另外兩位需要拜祭的先人，都是以前在「自行」當過工人的，他們都是單身沒有子女的員工，臨終時在香港無親無故，所以到我這一代人，念着他們幫過爺爺做事，也必須盡點孝心。我一直想像從沒見過面的爺爺到底是個怎樣的人，為甚麼有那麼多人會幫他做事？為甚麼他們對爸爸那麼好？而他們跟我原本是沒有血緣關係的，為甚麼要這樣拜祭？他們已經過了一段很長時間沒有賓主關係了，能夠保持這種超越金錢利益的關係，把重點放回對街坊、對鄉里的感情，對於現在的功利化社會來說，是十分難得的。爺爺、爸爸和老街坊的良好關係，也令我思考自己的家族歷史和元朗的關係，而我在長大後愈想愈覺得家族做的行業是獨特的，在大專的時候剛巧碰到一個修讀歷史科的機會，於是我為家族做了一個詳細的口述歷史，那已經是五年前的事了。

紙盒廠在創業初期，全人手製作的紙盒在量度和切紙等方面都很花功夫，效率很低，但隨着工業興起和生意發展，紙盒廠在六十年代也開始使用機器。關於常用機器，我們通常稱工廠使用的兩部重型機器為「捺線機」和「電鍘」。「捺線機」就是把面積較大還沒切割的灰色紙皮（厚身）於左右兩邊捺出摺線的機器，而每一次過機只能過一張紙皮。至於「電鍘」就是把灰色紙皮及招紙（薄身）等切割用來製作紙盒的機器，把這些紙類量度好尺寸後，便一疊一疊厚厚的放在機器上等待鍘刀切割。

已經捺過線的灰色紙皮因應紙盒的大小再切成不同特定尺寸的紙皮，我們稱做「胚」，沿着摺線朝天摺，就成為盒蓋或盒底用來支撐盒形的主要部分。用鍘刀切割如手掌般長度的灰色紙皮，我們會稱做「橫頭」，放在「胚」的左右兩旁。「胚」的摺線以上及以下的部分，在邊緣部分的中間位置需要鑿出一個半圓形的凹位，就是稍後製成紙盒後有招紙包裹但缺少紙皮的部分，我們稱這個部分為「掩」。這個工序並不簡單，因為紙皮太厚，一邊拿着用鐵製成的半圓剘紙器，一邊拿着木製的槌鑿下去。這些工具都是很重的，而且要一疊一疊地鑿，所以需要男工幫忙。在「扱盒」的時候我們要把「掩」去掉，這樣盒蓋上的凹位就成了一個方便的開口位了。我們跟商戶首次合作時，會一起商量招紙的圖案樣式，也有些是預先設計好的，然後在區內的印刷公司印刷。賣蛋卷的招紙通常只印有一對男女或者小孩在吃蛋卷的嘜頭和「香脆可口，送禮佳品」的字樣，配上其字號，大多不會有甚麼改動的，顏色一般以桃紅色或淡黃色為主。壽衣盒和婚紗盒的體積很大，壽衣盒一般以

鮮藍色或鮮黃色為主，婚紗盒則是紅色的，兩者製作需時。

由於當時法例禁止在家居放置重型機器，所以等到位於建業街的元朗徙置工廠大廈（即現今鳳庭苑位置）於一九六六年建成後，「自行」就正式搬到工廠大廈的六樓。直到一九七二年，「八間」一整區被拆，於是我們的住所則搬到兩街之隔、位於紅綿圍的唐樓牡丹樓，在家裏就可以繼續處理有些不需要用機器完成的工序，例如「碌盒」（用人手把紙皮和招紙黏貼製成紙盒的工序）、「扱盒」（把盒蓋兩邊「摵掩」然後蓋上底盒的工序）和「紮盒」（在紙盒製成風乾後就可以以每兩行各十個並排為一幢紮起來，送貨的時候又以六小紮紮起來變成大紮的工序）。「涤漿」也是在「碌盒」前必須做的工序，也是我們這個行業的一大特色。所謂「漿」即是我們自製的漿糊，先把一定分量的生粉倒入大盤裏，再加上白礬，然後再倒入滾水（會燙手的熱水），用木棍攪拌後待「漿」冷卻下來待用。我們通常會開一大盤「漿」，不用「碌盒」的時候也是把盤放在一旁的，也不用擔心「漿」隨時間過去失去黏性或變壞。

牡丹樓的樓下就是小巴站，有一間呂庭士多也是歷史悠久的。對於現在豪宅林立的元朗來說，牡丹樓是個有趣的地方。住在我們隔離座的，是一個經營上海理髮店的家庭。住在對面的師奶，有時候會接一些替附近餐廳處理芽菜的工作；住樓上的會幫附近的素食店製作素食或食物加工，那是很平常的在家作業工作。有時候，會搬來一些印巴裔的住客，鄰里關係融洽。爸爸說，以前西漁涌是一個很容易水浸的地方，其實對手作紙盒並不利，因為紙盒本身就很脆弱，只要濕度高一點，就會霉掉。元朗是河谷，春季頗為潮濕，濕氣會影響紙盒的紙質，要是臨近交貨時節就麻煩了。可是，搬走了也不一定就好，住牡丹樓最大的壞處，就是當時樓宇僭建部分較多，下雨的時候天花板滲水，而且水喉系統很差，經常漏水。有一次，家人出去了，沒有人在家裏，水喉不斷漏水，直至全屋水浸，剛好是旺季，差不多到交貨的時候，家裏客廳地下擺滿了正在風乾的紙盒，水把紙盒浸濕了，除了頂層的紙盒沒有受

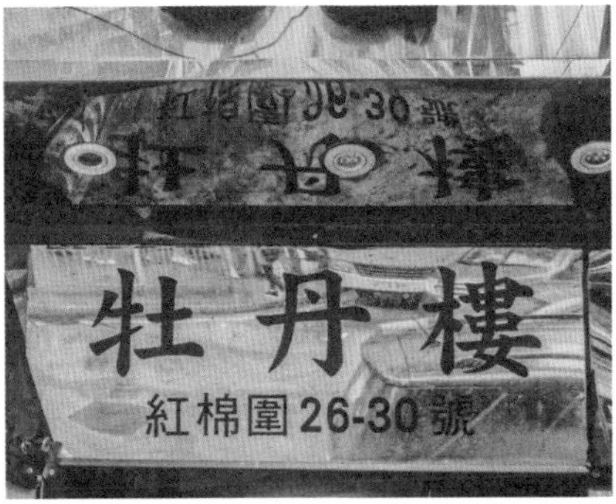

損外，其餘都濕透了。那一天，媽媽回到家，不知如何是好，感到很無助，哭了起來。說到紙盒損毀，其實也是家常便飯。因為家裏養貓，貓喜歡鑽紙盒，有時候小貓會把紙盒推倒，還破壞一番，有時候也會在紙盒上拉屎，那麼紙盒就要扔掉，要重新做。

印象中，嫲嫲是個知書識禮的人，不僅談吐溫文，還寫得一手好字，更喜歡文雅的用字。如果碰上親戚朋友辦喜事或白事的時候，需要寫書信，她總會用「令郎」、「令嫒」或者「令尊」、「令壽堂」之類的尊貴稱謂，內文也是文言，家裏讀書不多的成員，包括剛讀小學的小孩，也會感到奇怪，取笑一番。空閑的時候，我經常參與四邑同鄉會的活動。在家中，我較少需要處理家事，通常在廳中看電視。我是家中唯一一個不用去工廠的人。當其他女性成員都在忙工作的時候，我通常在做自己的事。

在元朗的紙盒廠，七十至八十年代是最興盛的時期，雖說「同行如敵國」，但是「自行」跟另外三間紙盒廠都不曾出現「爭生意」的

競爭情況，大家都有各的生意。當時「自行」的生意接個不停，平均每月可達三萬元營業額，聘用工人十多名，主要是區內婦女，讓她們可以帶着小孩過來我們家一起工作，做點兼職幫補家計；有時會聘用幾個男工，負責做些較為粗重的工作。小孩也可幫忙「摵掩」、「扱盒」，這好像把紙張撕毀一樣，小孩會感到很有趣很好玩，玩完後可以賺點零用錢，當時可獲幾個仙，他們就馬上跑到樓下呂廷士多買零食。午飯的時候，女工會輪流幫忙煮飯，人多的時候可能就十多個人擠在四百多呎的地方吃飯，再加幾個小孩，氣氛溫馨。想起來，那些女工現在最少也有六十歲了，該到抱孫的年紀吧，很可能已退休了。除了有個家人比較常提及的女工早幾年患癌過世之外，我對其他工人其實不太認識，就算在區內碰上，可能都不知道他們跟我家族是有過僱傭關係。

我們做小孩的，在工廠時代後期出生和成長，從讀幼稚園前到初小時期，都會跟着爸媽到工廠工作。也就是說，他們一邊工作，一邊照顧我們。我們總喜歡在工廈的走廊踏單車，有時候會走到其他單位偷看人家，有時候停下來去樓層近樓梯的廁所，由於環境昏暗，白天不開燈的時候，路過會有回音，會感到一陣毛骨悚然，我會覺得很驚險。工廈有一種小型電動貨車，通常在樓層與樓層之間的斜路行走，駕駛起來時會連續發出「笈笈」的聲音，我們都習慣稱之為「笈笈車」。爸爸給我的印象，就是無論他在家裏或是在工廠，都喜歡穿白色的工人背心，背心上總是不經意地染上偏黑的油漬，那是點在機器齒輪上的潤滑油（俗稱「偈油」）；下身穿灰黑色西褲，配上一條皮帶。體力勞動的工作，搬紙、搬貨、使用機器，幾乎全是爸爸做。比起一名老闆，他更多

時更像一名工人。而媽媽和婆婆總是穿着圍裙。事實上，在我們成長階段，已經不會出現那些家裏擠滿女工的情況，到我們出生後，他們已經轉行了，而「自行」的生意也沒有以前那麼多，但收入還是足夠糊口的。所以到了後期，其實都是爸媽最忙，再另找幾個親戚幫忙而已。但是，臨近交貨時期，一樣是忙到凌晨，我睡的時候，家人繼續在家裏工作。

送貨的時候，我們會僱用大型貨車，童年的我就跟媽媽一起出去送貨和收數，即使是鯉魚門那麼遠的地方，距離元朗車程當時來說大概要用上兩個半小時，每一次到站的時候，我總是受不住暈車的折磨要嘔吐的。蛋卷舖的叔叔阿姨總會請我吃新鮮出爐的蛋卷，或者給我糖果。有時候，他們會取笑我跟媽媽收數，長大後也做「收數」（在香港的土話略有幫會的意味）。可是，那時的我根本不想做這舟車勞頓的事，而後來行業沒落，更加不需要我接手了。

直到一九九五年，工廠大廈拆遷，當時知道原址會建成後來名為「鳳庭苑」的居屋。有一段時期，整幢工廠大廈掛滿了白布，上面寫了幾句黑色的字，大多是「血本無歸」、「政府賠償」、「不遷不拆」之類的四字詞。當時對於我來說，感覺似是死人塲樓般，路過看見整幢大廈的人都板着臉，蔓延着愁雲慘霧的氣氛。最後，我們得到七萬元的賠償，就把搬離了這幢工廈。接下來，「自行」搬到了位於鯉魚山鳳池村旁、水邊圍的對面的振興新村。我們起初是全工場式運作，後來生意不算太好，經裝修後半自住半工場式經營着。當時已升上小學的我，放學後會到那裏溫習做功課，或者在村裏玩。村裏的農場、籃球場、街道、爛地、風水樹下的空地、大型水管、水流，都是村裏小孩經常流連遊玩的小空間，是我大部分童年記憶的所在地。當時村裏還有其他家庭式作業的店舖，例如凍肉批發店、鉛字印刷工場、孵蛋工場、汽車修理工場和玫瑰種植園，讓我了解到工業的多樣化。傳統炭燒蛋卷舖「超香園」老闆、人稱超叔的孔憲侶經常會來我們工場「吹水」，還喜歡用腳玩我們養的花貓和唐狗。有時候，我會跟他去「超香園」吃蛋卷，或者看他做蛋卷，覺得很有趣。還有一位在家門前種桑樹的客家阿婆，每次等到桑果成熟的時候，她就會摘下來，裝滿一大袋拿出來賣給附近的蛋糕店或街市的，她說賣給蛋糕店可以多賺一點。小時候，我不知道賣桑果的微薄收入是阿婆的唯一收入，於是我經常偷吃樹上的果實，後來阿婆知道了，不但沒有責怪我，反而過來找我，送了我一袋。她說如果我覺得好吃，多送我沒問題，但是直接吃樹上的果對小孩子來說不太好。

在九十年代中後期，記得有一天剛剛放學，媽媽帶着只有六、七歲的我，去橫洲工業區的盧炳利，說要探望一下某個行家。應門的是一位皮膚黝黑、蓄鬍子的老伯伯，我一直躲在媽媽的身後，只聽見媽媽語帶委屈、哽咽地跟他說：「生意很淡……真的很淡……」跟着老伯伯又說：「不如一起不做吧，反正生意不多，捱下去也沒結果。」那一天，天氣本來就不怎麼好，天漸漸黑起來，我抬頭一看，除了天黑之外，更看到大人們展露好像魚熟透時凸出的無奈雙眼，臉色一直沉下去。

紙盒廠在結業前夕還發生過一段小插曲，使我久久不能釋懷。一直捱到二〇〇二年底，爸媽本已打算結束全盤生意，只要把兩部重型機器處理掉，我們就正式把元朗的手製紙盒行業劃上句號。我家是元朗支撐到最後的一間紙盒廠，我們對得起早年離世的爺爺，即使把「自行」的鐵閘關上了，爺爺應該也會知道我們已經盡了力。我們想着機器雖舊但畢竟歷史悠久，算是在香港走過一個階段，見證着從輝煌到沒落的工業史，理應有一個正式的紀錄，而機器是時代的最佳物證，可以作保存之用。生鏽的鍘刀，生鏽的齒輪，還有開動機器時甚有節奏的嗚嗚聲，至今仍然記憶猶新。機器是我們的工作夥伴，我們從來都不覺得機器是垃圾，可以隨便丟棄的，於是便聯絡香港歷史博物館，希望博物館可以安排收藏。豈料博物館拒絕接收之餘，其代表還說我們的行業不具香港代表性，後來又改口說：「如果歷史博物館日後有機會擴充，你們再把行業用品帶過來吧，我們也不排除博物館或展館會有擴充的可能性。」這些官腔，像耍太極推手一樣。我們糾纏了大概半年，博物館連派人來看看也沒有，在電話中得到的也只是含糊的官腔，絲毫歉意也沒有。拖了這麼久，既然博物館不肯接收，我們廠房也該退了，不便再把機器留下來，於是把機器以九千元賣到大陸。隨它們去了，這樣就結束了「自行」的營業。幾十年來，我們把百物包裝好，但最後卻無法把機器包裝起來保存。

劉潔瑩小姐口述及自撰
陳雲略作潤飾
訪問日期：二〇一六年十二月十日

第三章

廟宇與神誕

元朗廟宇林立，但由於鄉民有家祠，家祠除了供奉祖先之外，也有天地神靈，故此廟宇只是村與村之間聯誼之所，或異姓村落彼此立約之處。然而在元朗墟市之內，外來人眾多，廟宇反而多了人敬拜。

一、大樹下天后古廟

地址：元朗十八鄉大旗嶺

已有三百五十年歷史，門前有大榕樹，故名「大樹下天后古廟」，名字土氣而親切。大樹下設大樹將軍神位，即土地社壇。每年天后誕前夕，十八鄉眾村及花炮會，均會派龍獅隊到天后廟向天后娘娘參拜，沿途鑼鼓喧天，龍獅隊、麒麟隊遊走廟前，輪流入廟進香。廟內香火鼎盛，廟前空地擺有檔口，售賣小食、風車、麵粉公仔。

農曆三月二十三日為天后誕。

二、廈村楊侯宮

地址：新界元朗廈村東頭村三號

供奉仙聖：楊亮節、福德正神、金花夫人（金花娘娘）、巡撫王

相傳已有二百多年歷史，現存建築於一八一一年改建而成。廟宇位於東頭村東北角、獅頭山前端，座向相傳為風水寶地。廈村楊侯宮為兩進式建築，由庭院分隔，昔日的天井早年改建為香亭。廟前鼓台及支柱均以紅粉石建造。門楣「楊侯宮」石額刻有「嘉慶辛未年」字。楊侯宮於一九八八年被列為法定古蹟，其後由政府斥資全面重修。

每年農曆六月十六日為侯王誕、農曆二月初二為福德正神得道日、農曆四月十七日為金花娘娘誕。

三、屏山侯王廟

地址：元朗屏山屏廈路坑頭村外西北角

元朗六間供奉侯王的廟宇之一，座東北向西南，遙望屯門青山，為一進三開間建築，正廳供奉侯王，有門聯「侯德配天一代神明垂宇宙，王恩似海千秋廟食著屏山」。左廳供奉土地公，有廟聯「香火氤氳共答神恩新宇廟，威靈顯赫還將正氣護江山」。右廳供奉金花娘娘，有廟聯「鳳闕承恩輔翼二王巡粵嶠，龍城證道扶持眾庶鎮屏山」。

屏山侯王廟相傳已有數百年歷史，惟確實修建日期已不可考。據廟內匾額顯示，廟宇分別於一九六三及一九九一年大事重修，二〇〇二年再有修繕工程。侯王的來歷說法頗多，有說侯王即宋末忠臣國舅楊亮節，因保護宋帝而捐軀，故深受後人景仰而加以供奉。另說是宋帝南逃時患病，得一本地醫師楊二伯公醫治，宋帝再訪他時，發現二伯公已仙遊多年，故先前為他醫治的是二伯公顯靈，於是命人建廟供奉。

農曆六月十六日為侯王誕。

四、元朗大王古廟

地址：新界元朗舊墟長盛街

供奉仙聖：洪聖王和楊侯公

康熙八年（西元一六六九年），鄧文蔚「由大橋墩遷墟元朗，併建大王古廟」。康熙年間因實施遷海政策，元朗墟遷到茅洲，及後復墟，墟民便把南海洪聖大王請到元朗。民間稱南海神為廣利洪聖大王，每年農曆二月十三日為南海神誕。大王古廟為一進兩合式傳統建築，廟內有個鼓，鼓皮被弄破以減輕鼓聲。廟內有五塊碑刻記載着元朗墟的建立和演變過程，曾是元朗舊墟的議事及拜神之地。

元朗建醮（十年一次打醮）會於廟內舉行祭神儀式。

五、屏山洪聖宮

地址：新界元朗屏山坑尾村，鄰近屏廈路
供奉仙聖：洪聖大王

由屏山鄧族所建，香港二級歷史建築。外有門聯「洪德巍峨靈應坑井，聖容煥彩光照沙江」。廟內存刻有「清乾隆丁亥」（西元一七六七年）的木匾額、「乾隆二十九年」（西元一七六四年）的銅響板，以及同治五年（西元一八六六年）之《重修洪聖宮題名記》。故推斷廟宇可能建於清乾隆丁亥年，至今已有逾二百年歷史。

屏山洪聖宮為兩進一院式建築，以青磚建成，左右為福德祠及太歲殿，中有天井，天井仍依原來開放式，以採光及通風；現存結構於清同治五年（西元一八六六年）重修而成，至一九六三年再大事修葺。

洪聖宮內供奉洪聖大王，傳說洪聖本名洪熙，是唐代的廣利刺史，死後獲追謚為「廣利洪聖大王」，保海上平安。農曆二月十三日為洪聖誕。

第四章
靈異傳聞

歷史久遠，眾議紛紜，才有鬧鬼傳聞。元朗歷史悠久，而且經歷土匪洗劫、抗英大戰及日軍佔領之慘事，枉死者眾，冤魂不散，難免有鬧鬼之傳聞。此外，往昔市區富豪喜歡在郊野建屋避靜，富豪老去之後，時髦子孫不喜郊野靜居，於是丟空別墅而鬧鬼。富豪一般子孫眾多，難以分家，往往留下家私雜物不理，人去樓空，但家私一應俱全，夜晚令人感覺仍有人在內居住或行走。元朗異聞，多不勝數，此處略述近代數則奇譚，以助雅興。

達德學校鬧鬼

元朗屏山達德學校是本港出名的猛鬼及靈探地點，達德學校恐怖得連的士司機在夜晚都不敢載客前往。達德學校已經荒廢十多年，聽聞以前是日軍刑場，又或者抗英時期有人被害，另傳曾有校長之妻穿上紅衣在女廁內自殺，自此常有紅衣女鬼出現。二〇一一年曾有十二名中學生闖入學校，夜探鬼魂，其中兩名女生聲稱見鬼，眾人狂奔十多分鐘到達輕鐵站後，三人隨即昏迷倒地，其中一人醒來後被指行為怪異，咬傷同學，要送院治療。

英式大宅七妹仔

元朗有一英式大宅娛園，入夜之後，鬼影幢幢，更有人稱目睹二樓有白影徘徊，屋內家私懸空升起，甚至聽見屋內傳出女子嗚嗚低泣。日佔時期，日軍曾把大宅用作元朗司令部，屋內死人無數，日軍擄走村姑姦淫殺戮。戰後經常鬧鬼，屋主一家抵受不了而搬走。

另有七妹仔傳聞。傳說大宅女主人發現丈夫有外遇，但狐狸精遍尋不獲，終於發現原來家賊難防，狐狸精竟是家中其中一個婢女（妹仔），但沒法查出是誰。某日，女主人妒火中燒，忍無可忍，於是她向七個妹仔輪番拷問，然而沒人承認。最後，女主人勃然大怒，命人把妹仔全部扔進後園池塘，全部淹死。大宅主人一家老去，後代搬走，大屋荒廢，開始鬧鬼。即使後園池塘已被填平，有人路經大屋，也聽見屋內傳來陣陣女子的哭聲及叫喊聲，不禁教人毛骨悚然。[1]

1 參閱〈七個妹仔一夜喪命？！元朗橫洲英式古宅陣陣怪聲〉，《香港01》，二○一六年十月二十五日。

猛鬼洪水橋

洪水橋至藍地都是猛鬼地。早前藍地一個新屋苑亦有所傳聞，而妙法寺據說亦有鎮壓鬼魂之功效。猛鬼來源有二。

其一是藍地水塘發生過不少小童溺斃事件，村民視之為禁地，據說路經水塘的時候，如果時運低，會聽到女鬼叫他們行去水塘，忽然失足而溺死。小孩在水塘游水，水下會有人扯腳而不能自主，所謂「鬼搵腳」也。

其二是日本侵佔香港期間，日軍在丹桂村對出空地設立刑場，斬殺華人眾多，血流成河，故此稱為「紅水橋」，後來改稱「洪水橋」云云。該地即使後來改建，亦有猛鬼傳聞。

元朗公園百鳥塔鎮煞

元朗水牛嶺是一座小丘，戰前是一片林地。日治期間，皇軍將該處當作刑場，虐待及斬殺華人居民之後，就地坑葬，境況殘酷。一九九一年，該處興建元朗公園。公園範圍除了保存原有墓地之外，安放先人骨殖之金塔處處可見，博愛醫院董事局為抗日死難同胞建立的公墓亦在其中。雖是公園，卻與墓園無異。

公園中央，有一座呈八角形的「百鳥塔」，是一座集觀景與雀鳥園於一身的設施。然而也有好事者傳說，此塔為「擋煞寶塔」。傳聞建園之初，附近居民認為當年有不少人枉死於此，因而匯集了不少冤魂，陰邪之氣甚重，如建成公園，遊人嘈雜之聲，恐怕騷擾先人。當局為安定民心，遂接納民意，在公園的中央興建一座建築上充滿風水元素的百鳥塔，以鎮壓鬼魂。由於元朗公園二十四小時開放（百鳥塔除外），入夜後也有一些遊人入內參觀。傳聞有人在夜間曾在公園的樹叢中，見到樹上好多人影，想起此地之前是亂葬崗，未免令人疑神疑鬼。[1]

1 參閱〈元朗公園百鳥塔擋邪〉，《太陽報》，二〇〇六年八月二十三日。

青山公路志樂別墅鬧鬼

青山公路青山灣段有志樂別墅，途人不時見鬼。多數是聽見打破玻璃之聲，或在屋內涼亭見有女人在走動。道士說，屋內有惡鬼，而且有一群小鬼服侍來自青山公路之車禍死者的鬼魂云云。在屋前不遠處，青山公路近油站路旁，有一塊「南無阿彌陀佛」的石碑，是村民用來撫慰亡靈用的。該處常發生奪命車禍，二〇〇四年一月至十一月，不足一年，已有六人在該路段附近因車禍喪生。[1]

白沙村石屋有童魂

二〇〇二年十二月，白沙村石屋發生雙屍命案。據說是某村民為挽回與太太之間的感情，用泰國邪術殺人祭祀之後再企圖自殺。事件中，十一歲女童及十歲女童先後被他用閃咭引到該屋，繼而慘遭毒手，分別被藏屍於衣櫃和沙井中。自此，村民流傳深夜，石屋內傳出陣陣女孩哭聲。該村爆發命案後，村公所找法師做法事，並在門前貼符咒，每月到屋內拜祭，用兒童食物（例如可樂）供奉童魂，以求心安。除此之外，村民更不許村內孩子入屋云云。[2] 案情透露，殺人犯乃越南難民，童年遭人拋棄，並無去泰國學巫術，他的挽回與妻感情之說，只是掩飾其戀童之癖。[3]

錦田無頭鬼

無頭鬼有兩個版本。其一是宋朝期間，錦田鄧氏救了皇姑，皇帝為表救駕有功，就命人送上一隻木鴨。敕令此木鴨流經之土地，都屬鄧氏所有。鄧氏在錦田河放木鴨，木鴨流到屯門大欖涌，大欖涌有漁民在海邊見到木鴨漂流，撿拾察看，發現有皇家官印，於是拿去報官，豈料官府不問情由，便說村民盜取官家物品並殺頭。自此屯門便有一手持木鴨之無頭鬼，偶然在夜晚出現，四處問人木鴨誰屬，也沿河行上錦田尋找物主。故此父老吩咐小孩，夜晚勿去河邊靜地云云。

1 參閱〈凶宅女孩夜哭 直闖元朗猛鬼屋〉，《蘋果日報》，二〇〇四年十一月十日。
2 參閱上述《蘋果日報》報導。
3 參閱〈連環殺童案 被告囚終身〉，《蘋果日報》，二〇〇四年二月二十六日。

另一傳聞，是錦田某鄉在戰後設立布廠，工人見機器停頓，伸頭入內觀看，豈料機器忽然落下而切斷其頭，斷頭混入棉紗，警察到場也難以尋獲。由於死者心有不甘，死後仍不願投胎轉世，此後該處便有無頭鬼云云。

凹頭紅毛橋有鬼

紅毛橋乃英軍所建之運兵鐵橋，英國租借新界之後，鄉民反抗，打了六日戰爭，之後政府在一九〇〇年元朗凹頭興建警署，當時並未有公路，英軍乘軍艦在后海灣上岸，在凹頭紅毛橋的地方，搭起一座臨時鐵橋，方便軍車運行。鄉民稱鐵橋為「紅毛橋」，因鐵橋是由英軍所建，而紅毛是廣東人對洋人的俗稱。初時稱紅鬚綠眼的英國人和荷蘭人為紅毛鬼，後來泛指洋人。

鐵橋又名「狐狸過水橋」，凹頭山有「狐狸過水」之風水墓穴，故此橋又稱狐狸過水橋。此名穴屬於錦田鄧氏惟汲公之墓，而惟汲公就是錦田鄧氏稅院邵馬鄧自明。祠堂之門聯「南陽世澤、稅院家聲」就是紀念其封號。鄧公辭世後葬於元朗凹頭山。紅毛橋畔有一條「紅毛橋村」，連接凹頭東成里克述堂，已因開闢高速公路而遷徙。

網絡上有關紅毛橋的鬧鬼事件都是涉及命案的，如一九六四年上水警署的警察廚師（俗稱伙頭軍）斃命於紅毛橋橋底一處泥潭；一九七二年發生的一宗士多劫殺案，三名幪面賊凌晨行劫紅毛橋畔的祥利士多，洗劫店內正在打麻將的男女，店主反抗時遇害；一九八一年紅毛橋車禍；一九八二年新界西北龍捲風吹襲捲起一間木屋釀成死傷。昔日紅毛橋乃交通要衝，車禍繁多，日積月累，鬧鬼傳聞乃由此起。

附錄 元朗大事年表[1]

1 資料取材自 TEREWONG：「跑遊元朗（7）歷史事件簿」網誌。二〇一三年五月十三日。http://blog.terewong.com/archives/10191。

元朗鄉村眾多，墟市事情擾攘，本年表以崇德報功、興學顯教為本，記敘功名、書院、寺廟為主，旁及政治及民生之事。

四二八
晉朝元嘉五年

杯渡禪師自印度來華宣教，路過屯門，後人興建靈渡寺紀念杯渡禪師駐錫之地。據說後來元朗鄧氏收購該寺院，遷移至元朗廈村，唯年份不可考。《新安縣志》載：「杯渡禪師，不知姓名，嘗挈木杯渡水，因以為號，游止靡定，不修細行，神力卓越，莫測其由。……元嘉五年三月……憩邑屯門山，後人因名曰杯渡山。所謂屯門者，即杯渡山也，舊有軍寨，在北之麓，今捕盜廨之東，有偽劉大寶十二年歲次甲寅，關翊衛副指揮，同知屯門鎮檢點防右靖海都巡陳延，命工鐫杯渡禪師之像，充杯渡山供養。」

一九一八年，杯渡岩下的青山寺重修，錦田鄧氏也捐資協助。

屯門乃南洋船舶入華之渡口，比起元朗更早有王朝駐守及華人遷居。

一〇六九
宋朝熙寧二年

鄧漢黻[1]四世孫鄧符協高中進士，獲授廣東陽春縣縣令。北宋初期，居於江西吉安府吉水縣白沙鄉的鄧漢黻徙往廣東定居。鄧符協在任期間，曾遊歷屯門、元朗一帶，因感此地「風俗之淳，山水之勝」，於是有遷居之想。

一一〇三
宋朝崇寧二年

鄧符協率領族人由廣東遷居於岑田（後改稱錦田）定居，並遷葬三代祖先於今元朗、屯門及荃灣。鄧符協於圭角山下創辦力瀛書院，讀書講學。

一一二九
南宋建炎三年

金兵再犯江南，宋高宗公主路經江西虔州時走散，為江西縣令鄧元亮收留。鄧元亮號銑，正六品承德郎，曾任江西贛縣縣令，相傳在靖康建炎間提兵勤王，在亂軍中救出南逃的「幼宗姬」，後將她許配給兒子鄧自明（號惟汲），此女是高宗之女、孝宗之姊。光宗即位後，終尋獲其下落，以「皇姑」相稱，追封鄧自明為「稅院郡馬」，並賜地於東莞。

1 黻，粵音忽，常與黼連用。黼，粵音斧。黼黻乃禮服之青黑色刺繡，比喻文章錦繡，古人常以此為子孫命名。

一二一六 南宋嘉定九年 錦田鄧元禎遷居屏山。

一二七六 南宋德佑二年 蒙古軍隊攻佔南宋首都臨安（今杭州），俘虜宋恭帝和謝太皇太后，宋恭帝向元軍統帥伯顏奉上傳國玉璽和降表。文天祥、陳宜中、張世傑、陸秀夫等擁立益王趙昰即位，是為宋端宗，改年號景炎，南下逃難，路經九龍。途中端宗病逝，改立宋帝昺。據傳錦田鄧氏以盤菜招呼南逃至香港的宋帝昺及其臣下。

一三七六 明洪武九年 新田文氏立村。開基祖文世歌為天瑞七世孫，文氏始祖文天瑞，其堂兄文天祥為南宋抗元丞相，故天瑞為逃避元兵追捕，於宋末元初年間移居廣東寶安三門東清後坑，至明初分支遷入新界。族人主要集中於鄰近的三圍六村，分別是仁壽圍、東鎮圍、石湖圍、安龍村、永平村、蕃田村、新龍村、青龍村和洲頭村，亦有部分族人分遷區內之米埔村、壆圍和欖口，人數共五千餘人。新田鄉今日有眾多法定古蹟及歷史建築，包括大夫第、麟峯文公祠、惇裕堂文氏宗祠、莘野文公祠、明遠堂及東山古廟。鄉內建有文天祥紀念公園並設有六米高的文天祥銅像。

一四二六
明宣德年間
鄧欽建觀音山凌雲寺以供繼母念佛靜修及供奉洪儀木主。

一四四四
明正統九年
元朗新田蕃田村文氏宗祠建成。

一四八六
明成化二十二年
鄧氏第七世祖鄧彥通興建聚星樓，保佑子孫考試登科順利。今在西鐵天水圍站外，為法定古蹟。

一四八七
明成化二十三年
錦田吉慶圍由錦田鄧氏建成。

一五八七
明萬曆十五年
錦田鄧元勳捐穀一千石賑災，鄉名獲知縣改名為錦田。是年廣東新安縣西部大旱，知縣邱體乾發起賑災，募得米糧各鄉不過數石，多者亦不過二、三十石。當時居於岑田水尾村的鄧元勳卻捐穀一千石。邱體乾想到岑田鄉「地皆膏腴，正錦繡之鄉村也。何以岑田名？」便提議改鄉名為「錦田」。

一六三八（明崇禎十一年）
元朗大樹下天后廟建成，依一九三八年重修碑記考證，三百年前建廟之說。

一六四四（明崇禎十七年；清順治元年）
張直臣由東莞篁村遷至七星崗，移居至橫洲，最終遷至山廈村立村。

一六五九（清順治十六年）
明朝遺民鄭成功率領水師攻陷江南，直逼江寧（南京），清朝籌劃遷界之令。

一六六一（順治十八年）
清政府頒佈海禁條例。

一六六二（康熙元年）
頒佈遷海令，居民必須內遷，隔絕與海盜接觸。

一六六九（康熙八年）
頒佈復界，居民可以遷回。
圓塱墟設立，由大橋墩搬至。在圓塱墟東門外建立南邊圍，並在西翼建立西邊圍。

一六六九至一七二二 康熙年間 簡氏於清康熙年間由廣東寶安遷移到十八鄉水蕉老圍。

一六八五 康熙廿四年 鄧文蔚中進士。

一六八八 康熙二十七年 鄧氏十四世鄧廷桂從惠州到元朗橫台山建村落戶。

一七一〇 康熙四十九年 元朗錦田水頭村便母橋建成。

一七一二 康熙五十一年 元朗五和東頭村天后觀音古廟，由鄧文蔚建成。

一七一八 康熙五十七年 二聖宮於元朗橫洲落成，供奉洪聖和車公。

一七二二 康熙六十一年 元朗舊墟大王古廟建成。

一七二六（雍正四年）　南坑村先祖張達財祖遷至元朗水蕉老圍建村落戶。

一七三六至一七九五（乾隆年間）　范氏遷居於八鄉馬鞍崗。

一七六〇（乾隆二十五年）　橫台山滙泉書室落成。

一七六八（乾隆三十三年）　錦田鄧文蔚後人於永隆圍對面建立「龍游尹泉菴鄧公祠」，奉祀鄧文尉。

一七八六（乾隆五十一年）　大樹下瓦窰頭天后廟落成。

一七八九（乾隆五十五年）　鄧英元成為恩科武舉人。

一七九〇（順治十八年）　蔡氏十一世祖蔡喬遷帶同四名兒子由東莞遷移至水流田。

一七九三 乾隆五十八年 蕃田村護鄉土主福德正神位設立。

約一八〇〇 嘉慶五年 山貝村開基祖林氏第十三世祖林兆元來此定居。

一八〇六 嘉慶十一年 新田蕃田村文麟峯祠及書室落成。

一八一〇 嘉慶十五年 錦田人鄧英元助修九龍炮台，並於圍門上題「鎮海金湯」石額。

一八一一 嘉慶十六年 新田文氏永秀文公祠（明德堂）落成。
獅頭山東頭村楊侯宮建成。

一八二一 道光元年 滌塵法師募化重修靜室，改名爲凌雲寺。

一八二二 道光壬午年 鄧景星於科鄉試中式第四十五名「文魁」舉人。

一八三〇 道光十年　厦村新圍友善書室落成，由厦村鄧族廿一世祖鄧萬鍾興建。

一八三七 道光十七年　元朗舊墟大王古廟重建。

一八四〇 道光二十年　靈渡寺由厦村鄉新圍鄧氏購入，並遷至現址重建。錦田鄧英元為錦田二帝書院寫草書對聯。

一八四二 道光二十二年　香港開埠。清朝與英國簽訂《南京條約》，香港島割讓英國，是為「香港開埠」。香港開始城邦歷史進程，與中土分道揚鑣。英國商人逐漸將香港建立成與東方自由貿易的樞紐。美國商販及銀行家亦有到港參與對華貿易。清末動亂期間，內陸商人、文人及官員紛紛撤離大陸，來港避難，將人才、資金、知識及生意關係帶來此地，令香港蓬勃發展，市區初期之繁榮亦刺激新界物產輸往香港島及九龍。

一八四九 道光二十九年　鄧掄斌、鄧掄琛兩兄弟於己酉鄉試中式中考獲舉人「兄弟聯魁」。

一八五二（咸豐二年）　鄧士謙於壬子科鄉試中考得第五十一名「文魁」舉人。

一八六一（咸豐十一年）　輞井圍清朝舉人鄧渭熊於六十二歲高齡在鄉試中舉。

八鄉上村八鄉古廟建成。

一八六二（同治元年）　橫台竹坑村蘭芳書室落成。

大井天后古廟建成。

大鵬協衛武功將軍張玉堂為牛徑慶善堂手書「慶善堂」字匾。

一八六五（同治四年）　新田文氏文頌鑾建大夫弟。

一八六八（同治七年）　鄧佐槐於戊辰會試考中進士，獲欽點禮部主政。

一八七〇（同治九年）　錦田水尾村鄧氏建留耕堂與長春園武舉學堂。

元朗屏山坑尾村覲廷書室落成。

一八七一 同治十年　鄧蓉鏡於辛未科試中獲欽點「翰林院庶吉士」。

一八七四　義社書室建成於橫台山永寧里。
永寧圍義社書室落成。

一八七五　朝廷贈予新田大夫第詔書木刻，表揚文頌鑾雙親。

一八七六 光緒二年　元朗橫洲忠心圍神廳建成。
元朗五和大圍村人中解元。
林其翔於丙子恩科殿試獲欽點為兵部主政（山貝村林氏家祠牌匾）。

一八八〇 光緒六年　東園書屋建成於橫台山永寧里圍門以東。

一八八一 光緒七年　南邊圍伍醒遲考獲秀才。

一八八六 光緒十二年　新田文氏文頌鑾高中進士，獲欽點為營用守府。

一八九〇
光緒十六年
牛徑慶善堂，掛起恩科會試進士李綺青獲封「欽點即用知縣」匾額。
元朗白沙五奎書室落成，於白沙圍神廟附近。

一八九一
光緒十七年
八鄉牛徑翊廷書室落成。

一八九二
光緒十八年
林國賡於壬辰科考中進士，獲欽點為翰林（山貝村林氏家祠牌匾）。
伍銓萃中舉考獲進士，並獲欽點為翰林院庶吉士。
鍾克猷於壬辰科中舉考獲翰林院編修，牌匾懸於鍾屋村。

一八九三
光緒十九年
大樹下天后古廟創辦的「大樹下廟鰲舉社炮會」成立。

一八九八
光緒二十四年
英國租用九龍及新界（出現「新界」之名）。
新界組民組織太平公局抗英。
基督教福音堂「元朗堂」於元朗舊墟設立。
錦田墟人辱罵英國官員。

一八九九
光緒二十五年

英國人武裝接管新界。

抗英鬥爭「新界六日戰」。

抗英鬥爭於八鄉石頭圍一戰。

伍其昌參與抗英鬥爭「新界六日戰」事敗後被捕。

黎金泰籌建植桂書室。

屏山警署落成於屏山嶺上（稱為蟠山）。

元朗水蕉老圍福華書室建成。

一九〇〇
光緒二十六年

元朗警署於凹頭落成，並派有英軍駐守。

元朗水蕉老圍覺民書室成立。

一九〇三
光緒二十九年

水盞田村建利達橋。

一九〇四
光緒三十年

英治政府在元朗凹頭成立了元朗小學。

一九〇五
光緒三十一年

科舉停止。經袁世凱奏請，慈禧太后以光緒帝的名義發佈上諭明告：「著自丙午科為始，所有鄉會試一律停止。各省歲科考試，亦即停止」，元朗眾多書室之科舉出路消失，唯鄉紳依然辦學，延續經教及詩學。

一九一〇
宣統二年

元朗墟「普源押」香港首間當舖營業，由鄧廉明成立（已故元朗鄉紳鄧佩瓊之父）。

牛徑李漸鴻考取恩魁。溥儀特別召開考試，故稱恩科。鄉試第十一名至十二名者稱為會魁。

屏山舊理民府（屏山樓）建成。

一九一一

宣統遜位，中華民國成立。此舉令新界華人頓失華夏王朝所依，而必須與英治政府建交。

元朗鄉紳成立合益公司。

廣東台山龍溪村宋室趙氏後人南下，於天水圍及豐樂圍建造大壆，設水閘養魚蝦及設稻田。

一九一三　山廈村興寶書室，由張達教一房所建。

一九一四　八鄉永慶圍博濟橋建成。

一九一五　元朗新墟開始籌備。

一九一七　合益街市（舊）成立。

一九一八　凌雲寺於年冬設為十方女眾叢林，接納尼眾，推妙參法師為住持。

一九一九　鄧煒堂向新界理民府請求撥地興建築「博愛醫院」。
基督教福音堂擴建堂校並易名為「中華基督教會元朗堂」。
凌雲寺妙參法師於石崗建圓通寺，成為十方男眾叢林。
山廈村達仁書室建成。

一九二〇　鄭煜文及蔡火財等人創辦元朗恆香棧茶樓。
　　廈村鄉新圍士宏書室落成。
　　青山公路元朗段落成於新墟旁。
　　竹坑村蘭芳書室改為教授現代科目，名為「蘭芳學校」。

一九二一　八鄉同益學堂建成。
　　博愛醫院院舍開始展開院務，贈醫施藥，留醫施棺等。

一九二二　伍醒遲為博愛醫院寫金漆木對聯。

一九二四年之前　廈村友恭學校落成。

一九二四　元朗大旗嶺村之子養書室落成。
　　鄧伯裘與鄧煒堂代表錦田鄧氏眾鄉民向英治政府追回泰康圍及吉慶圍鐵閘門。

一九二五　錦田逢吉鄉上將府建成，由民國將軍沈鴻英兵敗後在元朗買地興建。
洲頭村廷士家塾重建。

一九二六　元朗公庵與白沙村之間建會仙橋。
鄉議局成立。總督金文泰為改善政府與原居民的關係，飭令「新界農工商業研究總會」改組為鄉議局，並賦予更多權力，成立初期連一般民事案件也會交由鄉議局辦理。
龍田村龍田書室由黃氏家族建成。
天主教於八鄉上輋村建立聖家公所。
天主教於錦田北圍成立聖心小堂。

一九二七　元朗橫州東頭圍之「娛苑」，由蔡寶田興建。

一九二八　天主教在長莆村成立「聖若望小堂」（天主堂）。
英治政府收地建城門水塘（鄭氏村落遷至錦田城門新村）。

一九二〇年代　大江埔天德宮建成。具體年份不詳。另有說建於十九世紀五十年代。

一九三〇　山廈村農業園建成。

一九三一　元朗凹頭官立學校的紅磚屋校舍建成。

一九三二　新界元朗凹頭潘屋建成。

一九三三　沈冠南建成雞公山下義塚，安葬抗英烈士。

屏山鄧氏重修達德公所。

一九三四　元朗鐘聲學校於大橋村建校，即現時安寧路裕豐樓幼稚園的位置，前身是一幢搾花生油廠。

元朗東頭圍娛苑之蔡寶田先生，出任保良局總理。

八鄉金錢圍錦全學校建成。

錦田鄧氏同福堂把抗英烈士的骸骨安葬於逢吉鄉「妙覺園」義塚。

李益三夫人（鄭肖珍女士）在逢吉鄉農舍草廬中創辦私塾教學。

元朗舊墟近水閣立修橋紀念碑。

一九三五

元朗大馬路（簡稱大馬路）通車，乃青山公路元朗段，令元朗市鎮佈局改變。

元朗田寮村神廳重建。

錦田鄉金錢圍村民將祠堂以三百元按揭給教會，用作聖母七苦小堂。

東成里六十三、六十五至六十六號青磚大屋建成。

吳郁青建成吳家村六號大屋郁青別墅，用於家庭聚會及度假時使用。

石崗陳氏遷至屏山鄉水田村。

惇裕學校開辦。

一九三六

元朗楊家村圍龍屋及主樓「適廬」由印尼華商楊衛南及楊竹南建成。

元朗崇正新村蘭欽樓由海外華僑李幼立建成。

元朗十八鄉崇正新村慎德居建成。

白沙公庵禪寺前之達道橋重建。

逢吉鄉妙覺園建成。

一九三七　元朗商會成立。

一九三八　元朗潘屋（獅子屋）招待葉劍英訪問。

元朗大樹下天后廟重修。

元朗設抗英義士碑。

橫台山台山公立學校建成，由東園書室改建。

一九三九　元朗福音堂成立。

一九四一至一九四五　日佔時期。

一九四一　八鄉江夏圍主樓，於日佔時期借給八鄉同益學堂作為臨時校舍。

水流田村五十七號鄧氏大屋被日軍徵用作指揮官辦事處。

博愛醫院院務停頓至一九四五年。

一九四六　陳火光母親在元朗合益街「福生堂藥行」前擺舖，創辦陳光記百貨。
元朗好到底麵檔創立。
輞井公立崇義學校成立。
元朗公立中學創立（借用博愛醫院作為校舍）。
大井吳屋村金仁學校成立。

一九四七　北約理民府分為大埔和元朗兩個理民府，元朗理民府管轄元朗和青山；而大埔理民府則管轄大埔、沙田、上粉沙打和西貢。

一九四八　政府成立新界民政署，統籌各理民府工作。
八鄉牛徑一百二十號鄭氏家祠（達善堂）建成。
元朗志貞學校成立。

一九四九　中國共產黨建立政權，中華人民共和國建國。這刺激廣東難民南下香港定居，頗多於元朗一帶落戶，建立菜園、養殖場及非原居民之新村。
元朗十八鄉鄉事委員會第一屆委員會成立。

凹頭紅毛橋加建新橋梁。
新田惇裕幼稚園開辦。

一九五〇

五十年代，修建石崗軍營及錦田對外交通，方便運兵，先後修築錦上路、粉錦公路和林錦公路，並於六十年代對外開放荃錦公路。此道路系統雖然是為了軍事用途，但大大改善元朗運輸，促進農業。
光華戲院（大棠路及阜財街交界）開幕。
榮華酒樓由劉培齡及趙聿修創辦。
錦田福音堂成立。
博愛醫院牌坊建成，由岑光樾題字。
元朗公立中學凹頭新校舍建成。

一九五一

元朗五合街附近籌劃建設娛樂場，由鄧姓鄉民及陳姓歸僑投資。
元朗合益街市側拆除木屋。
元朗發生傾盆大雨，元朗河涌水漲淹沒谷亭街成為澤國。

八鄉河背村育英學校啟用。
博愛醫院新院建成。
區建公為博愛醫院牌坊背面題字。
元朗合意花炮會成立。

一九五二
橫台山之台山公立學校新校舍建成。
元朗商戶另組同益公司，置業建新舖。
元朗合益街各攤販遷離，街道通行無阻。
元朗墟泰祥街十餘間木蓋商店熟食冰室理髮室等拆除。
周自重（金城旅店）名下之振興公司承接元朗娛樂場。

一九五三
元朗五合街旁的水門頭海面，元朗各村十餘艘龍舟集合競賽。
元朗合益街市改建為二層式新型街市。
元朗合益街市計劃改建二層式新型街市為一所路面填高一呎的街市，設大渠防淹浸。
美國副總統尼克遜到訪元朗，順便到后海灣遠眺中港邊境。

一九五四　新界神召會惠群學校於唐人新村創立。
華僑日報錦田蒙養學校新舍啟用。

一九五五　元朗福音堂改名為元朗聖公會聖馬提亞堂。

一九五六　元朗博愛醫院於水牛嶺元朗公園興建公墓，為日治時期的無主屍骨所設的公墓。
元朗五和公校建校。

一九五七　元朗崇正新村成立。
元朗康莊市場建成。

一九五八　元朗五和公立學校落成。
天主教區鴻慈神父成立四聯學校（金錢圍、元岡村、吳家村、石湖塘）。
元崗村「元岡公立學校」創校。
元朗東莞學校落成。

一九五九　香港法例第一零九七章《鄉議局條例》實施，鄉議局也成為香港法定機構之一，並與當時的新界民政署保持密切聯繫。

符禮修上任元朗理民官。

崇正公立學校落成。

永慶學校於永慶圍建成（石頭圍）。

元朗菜農花炮會成立。

一九五〇年代　元朗莫創於沙江圍教授莫家拳。具體年份不詳。

一九六〇　元朗「聖馬提亞堂」建成。

元朗旱荒後豪雨洪水引巨災。

新田洲頭村籌建廷士學校。

一九六一　元朗十八鄉大棠路禮修村（Fraser Village）落成，由十八鄉鄉事會主席周自重及鄉紳林榮合辦興建，該村正是以元朗理民府長官符禮修（Norman Fraser）命名，紀念符禮修對元朗鄉的貢獻。同年元朗七區鄉會首長（鄧乃文、黃金業、陳日新、鄧棠鏡、趙聿修、鄧佩瓊、文桂枝、蔡創業等人）於青山鹿苑酒家歡宴符禮修及其下屬職員，感謝符禮修之鄉政。

元朗西漁涌培菁建校。

元朗大馬路乾新樓二樓成立第二代尼克遜圖書館。

元朗體育會第一屆成立，會長為符禮修。

元朗戲院開幕。

元朗農作互助會（簡稱元朗農作會）成立。

小磡村新田菜社成立。

一九六二

元朗神召會在唐人新村惠群學校附近購地興建教堂及惠群幼稚園新校舍。

新田鄉事會會所開幕。

元朗大馬路與大棠路口設新界第一座交通指揮亭。

一九六三

元朗警署落成。

元朗一班小商販合資建成小商新村。

元朗大陂頭公眾籃球場啟用。

元朗大旱，稻田失收，漁塘乾涸。
元朗大馬路達昌書局開幕（吳屋村金仁學校校長吳仲溫創立）。
流浮山警署落成。
美亞辦館開業（最早可以追溯至此），大馬路美亞辦館外首設公眾電話亭。
元朗合意街清拆。
元朗大旗嶺村聯福堂花炮會成立。
南溪福德堂開始演舞大金龍參加天后誕會景巡遊。

一九六四
元朗大棠道擴建。
元朗新田郵局啟用。

一九六五
洪水橋大戲院（青山公路及丹桂村路交界）開幕。
鍾屋村僑所公立學校創校。
聯興圍花炮會成立。

一九六六

元朗徙置區落成，為第一個鄉郊徙置區，用以安置屏山鄉及十八鄉被清拆的寮屋戶，一九七三年由香港房屋委員會負責屋邨管理，改稱為元朗邨。二〇〇一年拆卸。

雞地設立魚市場安置四百多名於合益市場外擺賣之魚商及魚販。

元朗鮮魚商販遷往鷄地與攸田村之間曠地作魚市場繼續營業。

元朗合益市場外欄魚販四百人遷雞地新魚市場，共有九十九個攤位。

元朗博愛醫院中央大廈建成。

元朗凹頭官立小學新校舍完成，有六層高。

錦田大戲院（錦田公路）開幕。

南坑排新勝堂花炮會成立。

元朗舊墟火災。

元朗山貝涌口村建成。

一九六七

元朗涌口村改善生活合作社成立。

一九六八　八鄉消防訓練學校創辦。
新界鄉議局元朗區中學落成。
崇正新村三喜堂花炮會組成。
元朗凹頭公務員宿舍落成。

一九六九　元崗村遊樂場由美國艾爾文和李文燊先生（WEAL）暨元朗理民府贈建。
元朗聖公會教區成立肖珍幼稚園。
元朗永寧村花炮會暨天后宮落成。
元朗唐人新村金蘭觀門樓建成。
凹頭食水配水庫落成。
元朗舊墟首次參加天后誕會景巡遊。

一九七〇　元朗大會堂於體育路落成，尼克遜圖書館搬遷至元朗大會堂三樓，一九七八年移交市政事務署以公立圖書館形式管理，一九八四年搬至四樓。
元朗水蕉老圍合慶堂花炮會正式成立。
元朗安寧街段的洋樓群建成：安定樓（一九六九）、安樂樓（一九七〇）、寶豐樓（一九七九）和鴻運樓（一九七一）等，由誠興建築公司興建。
陳光記百貨鐵價公司創業廿四週年紀念暨擴張營業開幕典禮。
元朗大馬路巴士移往新巴士總站，小販遷往新填地營業，大馬路改建新式樓宇。
元朗康莊市場九月廿四日收回檯位。
屏山金蘭觀建成慶典大會。

一九七一　元朗好相逢酒樓開幕。
和生園聯合堂花炮會成立。

一九七二　元朗鮮魚批發市場於朗屏村附近開始擺檔。
元朗冠煌大酒樓開幕禮。

一九七三　新界工廠業總會成立。
趙聿修太平紳士捐獻港幣一百萬元建中學。
誠興建築建金華樓、金寶樓兩幢洋樓。

一九七四　元朗鮮魚行商會元朗橫洲路口集資建會所及漁市場。

合得來花炮會首次派出醒獅隊參加天后誕巡遊。

一九七五　元朗五合街鄰近之大榮華酒樓開幕。

元朗葉南陽堂花炮會所開幕。

李牛創辦李牛健身學院。

元朗菜農互助會成立。

遠東發展元朗大廈落成。

洪佛派洪耀宗成立「香港洪佛國術體育總會」。

一九七六　元朗誠興建築公司建泰祥街金輪樓。

元朗屏山唐人新村成立竹林明堂，為弘揚道法之用。

一九七七　南坑排伯公坳破廟有三百五十人集體被劫。

元朗隔田村村公所成立。

元朗波士頓快餐店成立。

一九七八　屯門公路第一期通車，元朗可以快速到達荃灣。
元朗大馬路渣打銀行開幕營業。
輞井圍村公所成立。
順風圍新村（順豐圍新村）建村。
順風圍村公所建立。
新界李氏宗親會成立。

一九七九　聖馬提亞堂新聖堂及肖珍幼稚園校舍落成。

一九八〇　輞井圍崇義幼稚園啟用，借用關帝廟。
南坑村成立花炮會暨麒麟隊。
元朗雞地之洋樓陸續建成。

一九八一　陳光記百貨創業卅五週年，擴充至教育路八號地下及地庫全層。
元朗市命名十五條新街道，包括紀念西漁涌之「西菁街」及「西裕街」。
元朗博愛醫院於五合街內之舊舖要求換地建中醫贈診施藥所。

元朗小商業會要求炮仗坊闢作小販區。

趙聿修紀念中學於體育路七號建成。

和生圍業主收地興建加州花園。

一九八二　元朗合益大廈分層出售，每呎售三百餘元起。

元朗合益公司股東大會計劃改建合益街市為多層大廈。

新界西北有龍捲風。

元朗擊壤村遭清拆。

一九八三　港督尤德爵士夫人入蔭華盧參觀。

元朗工業邨於橫洲落成。

一九八四　元朗西菁街容鳳書健康中心啟用。

元朗新墟五合街因社區重建遷拆。

一九八五　元朗遷拆康莊市場店舖熟食檔，安置待解決。

一九八六　元朗康莊市場全數遭到遷拆。

水牛嶺平房區被遷徙至朗屏邨。

一九八八　輕鐵通車，行走元朗、屯門一帶，將元朗大馬路之空間破壞。

一九八九　房委會放棄興建雞地東來村公屋計劃。

一九九一　元朗水牛嶺公園建成，前身為水牛嶺平房區。

元朗七鄉所組合益公司計劃拆卸附屬街市，發展高層商業大廈。

一九九二　天水圍首個公共屋邨天耀邨落成；繼而天瑞邨則於一九九三年落成。

一九九三　凹頭紅毛橋改建成為新界環迴公路（凹頭至粉嶺公路）之一段。

一九九四　永慶圍（石頭圍）永慶學校停辦。

一九九七　錦田河新河道建成。

一九九八　大欖隧道通車，元朗快速到達九龍。

一九九九　元朗朗邊中轉屋建成。

二〇〇〇　元朗鮮魚批發市場搬至雞地東部。
元朗劇院落成。

二〇〇一　永寧村村公所由九廣鐵路公司重建。

二〇〇三　西鐵通車，元朗有鐵路與九龍連接，令元朗出入方便，但也令多人遷入，地價躍升，樓盤林立。

二〇〇四　Yoho Town 落成。

二〇〇六　米埔冠英學校遭教育署下令停辦（俗稱殺校）。

二〇〇七　古物古蹟辦事處與屏山鄧族合作，將建於一八九九年的屏山警署改建成屏山鄧族文物館暨文物徑訪客中心，展出屏山鄧族的珍貴文物，並由村民親身訴說歷史及風俗。屏山文物徑亦於該年陸續建成。屏山文物徑的文物主要有十二項，包括：聚星樓（香港現存的唯一古塔，為香港法定古蹟）、上璋圍（古老圍村，有二百年歷史）、楊侯古廟（數百年歷史）、古井（二百年前已經存在）、社壇（數百年歷史）、鄧氏宗祠（香港最大的祠堂之一，七百年歷史，為香港法定古蹟）、愈喬二公祠（逾五百年歷史，為香港法定古蹟）、覲廷書室（古時為村中子弟準備科舉考試的書室）、洪聖宮（建於清朝，逾二百年歷史）、清暑軒（逾一百年歷史）、屏山鄧族文物館及述卿書室古門樓。

元朗沙江圍新廳重修。

二〇〇九　元朗港頭村真安寺落成。

二〇一〇　水蕉新村青年團成立花炮會。

二〇一一　Yoho Midtown 落成。

二〇一二　永慶圍（石頭圍）永慶學校舊址改建為永慶休憩處。
元朗東成里玉皇觀音樓天后宮大殿落成。

二〇一六　大橋街市生活書社開業。
八鄉錦上路福德堂花炮會成立。

元朗

懷鄉戀土的地方

作者／陳雲
總編輯／葉海旋
編輯／范嘉恩
封面繪圖／徐智彥
書籍設計／陳真
出版／花千樹出版有限公司
地址／九龍深水埗元州街二九〇至二九六號一一〇四室
電郵／info@arcadiapress.com.hk
網址／http://arcadiapress.com.hk
印刷／美雅印刷製本有限公司
初版／二〇一七年七月
ISBN／978-988-8265-97-8

光射斗垣

26171669
95233017
徘徊何處去
懷思獨傷心
一人佳孤寂
唯有酒相知
Winston

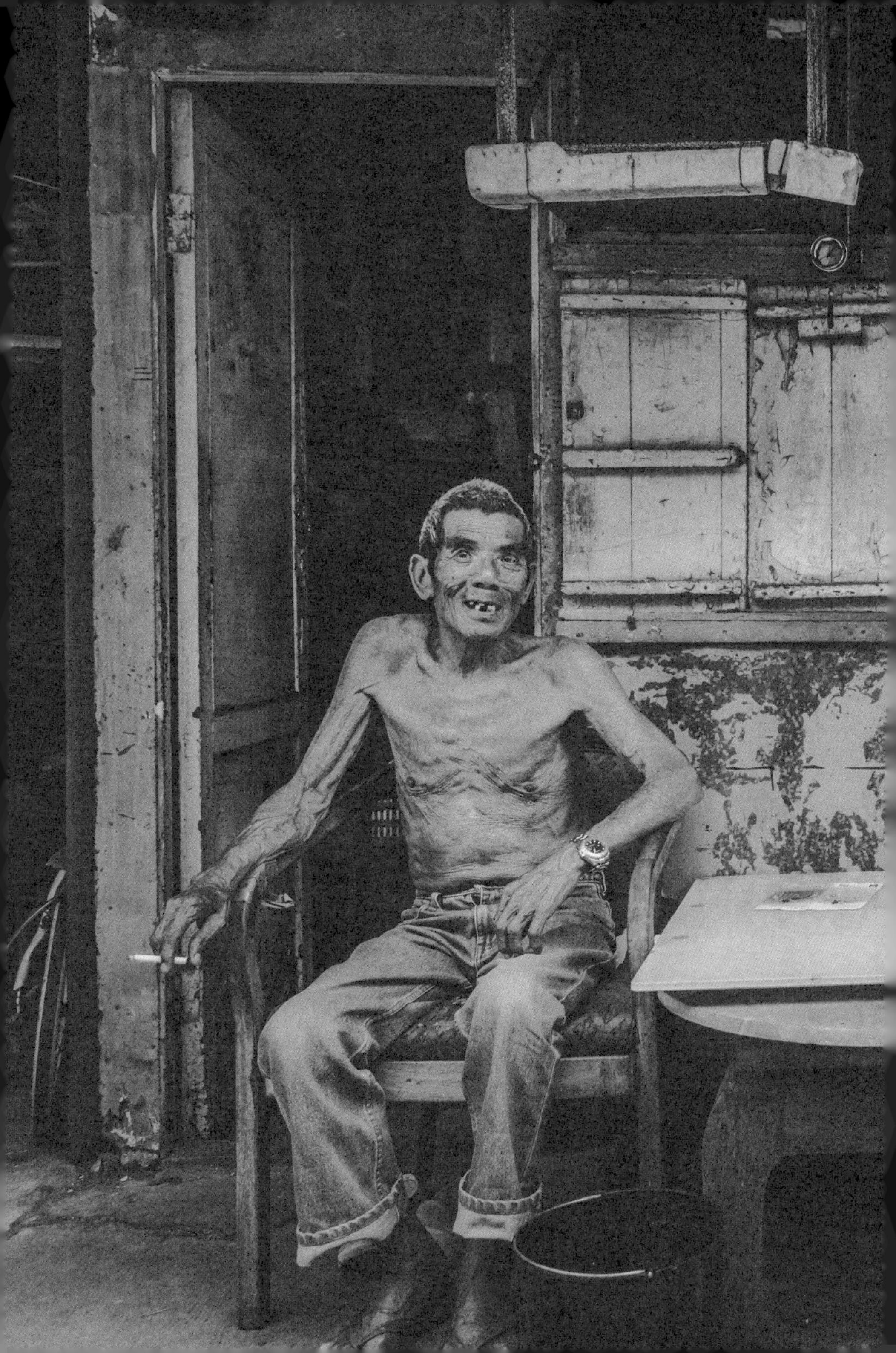